KB050557

참룡회귀록

참룡 회귀록 4

초판 1쇄 인쇄일 2019년 2월 19일 ㅣ **초판 1쇄 발행일** 2019년 2월 22일

지은이 정한솔 ㅣ **펴낸이** 곽동현 ㅣ **담당편집 팀장** 이범수
편집부 홍현주 정요한

펴낸곳 (주) 조은세상 ㅣ **출판등록** 제 2002-23호
주소 경기도 연천군 미산면 청정로 1355
TEL 편집부 02)587-2966 ㅣ FAX 02)587-2922
e-mail bukdu@comics21c.co.kr

정한솔 ⓒ 2018
ISBN 979-11-6432-057-8 ㅣ ISBN 979-11-89672-81-2(set) ㅣ 값 8,000원

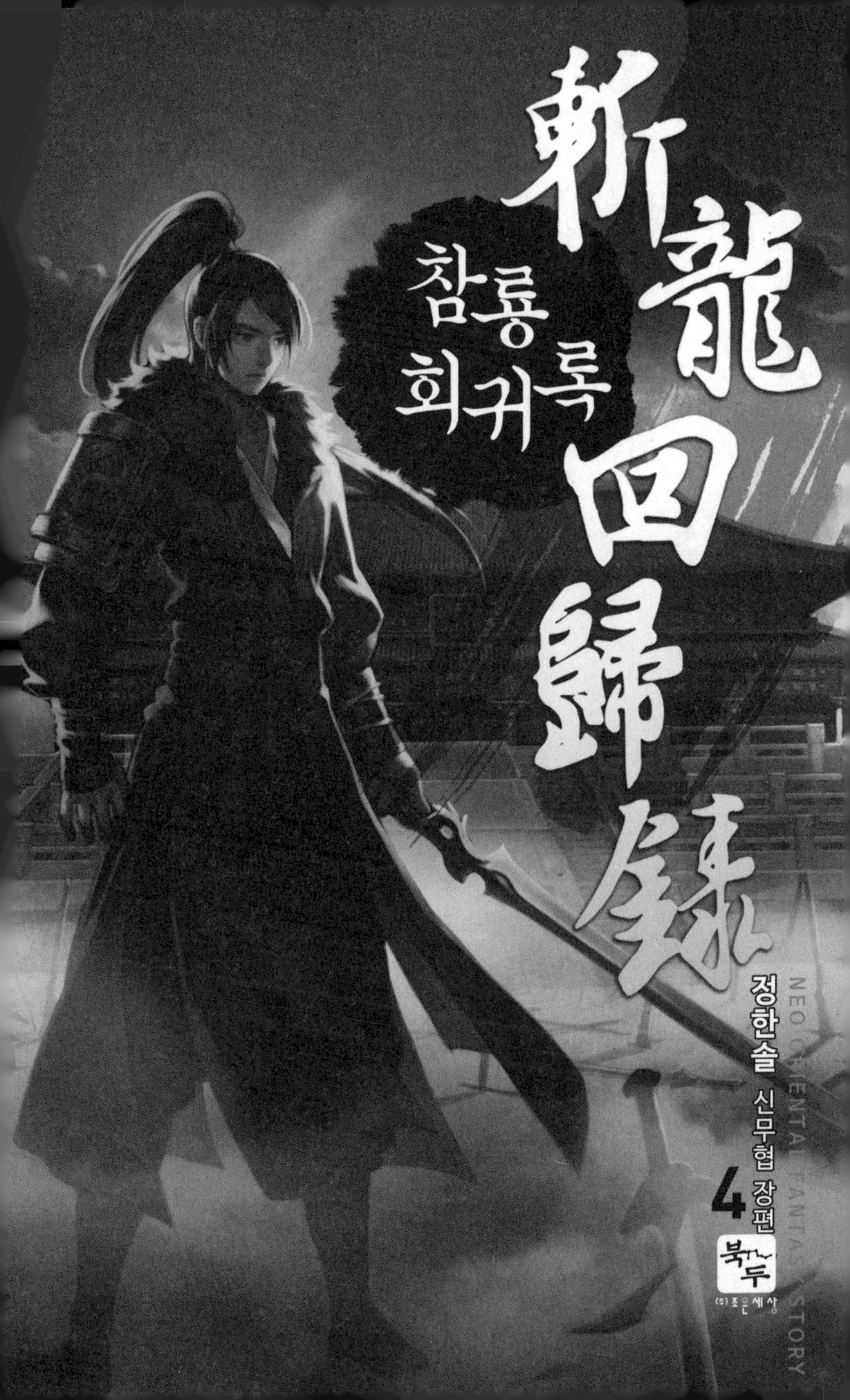
斬龍回歸錄
참룡
회귀록
정한솔 신무협 장편
NEO ORIENTAL FANTASY STORY
4
북두
(주)조은세상

정한솔 신무협 장편소설

NEO ORIENTAL FANTASY STORY

CONTENTS

22 章.

참룡
회귀록

斬龍回歸錄

22 章.

백운설의 목소리가 귓전을 때렸다. 모용기가 한 걸음 물러서며 시선을 돌리자 음양이로는 그제야 한숨을 돌릴 수 있었다.

"젠장!"

욕설을 내뱉는 양노와는 다르게 음노가 음울한 눈으로 모용기를 노려봤다.

둘이 함께 덤볐는데도 몰아붙이기는커녕 한없이 밀리기만 했다. 군데군데 검에 베여 피를 흘리는 낭패한 그들의 행색이 음양이로의 심정을 고스란히 대변했다.

"뭐 저런 놈이."

음노는 이 사실을 도저히 믿을 수가 없었다. 정무맹주

9

진산이나 패천성주 철자강이라도 자신들이 함께라면 밀어붙이기는커녕 막아 내는 것에 급급했을 것이기 때문이다.

그러나 음노의 상념은 더 이상 이어질 수가 없었다. 양노가 버럭 소리를 질렀기 때문이다.

"이놈! 누구 마음대로 꽁지를 빼는 게냐?"

모용기의 신형이 픽 하며 흩어지더니 한걸음에 삼 장을 건너뛰었다.

양노가 급하게 몸을 날렸다. 음노도 어쩔 수 없다는 얼굴로 양노의 뒤를 따랐다.

음양이로를 꼬리에 달고도 모용기는 뒤도 돌아보지 않고 몸을 날리는 것에 집중했다. 그만큼 급했다.

"쌍! 누가 연아까지 데리고 오랬어!"

다른 이는 몰라도 제갈연은 와서는 안 된다. 서로가 죽이는 것을 목적으로 하는 이런 싸움에서는 그녀가 가진 약점이 치명적으로 작용할 것이기 때문이다. 도저히 혼자 내버려 둘 수가 없었다.

그런데 암영대원들이 약속이라도 했다는 듯이 그의 앞을 막아섰다.

모용기가 짜증스런 얼굴로 훌쩍 뛰어올랐다.

"비켜!"

별다른 기대감을 가지고 한 말은 아니었다. 암영대가

그렇게 고분고분했다면 애초에 서로 칼질할 일도 없었을 게다.

모용기의 예상대로 암영대원들이 검을 한 번에 들었다. 마치 고슴도치의 가시와 같은 형상이다. 도산검림이란 말에서 도산을 빼고 검림만 남기면 딱 들어맞았다.

그러나 모용기는 오히려 만족스럽다는 얼굴이었다. 스스로가 의도한 바였던 게다.

모용기가 눈을 빛내며 검을 치켜든 암영대원들을 한눈에 훑었다. 그리고는 오래지 않아 원하는 것을 찾아냈다. 제일 비리비리해 보이는 놈이 아니라 가장 덩치가 큰 놈이다.

목표물을 찾아낸 모용기는 한순간 뚝 떨어져 내리며 검을 뺐었다. 그리고는 목표물이 뻗어 낸 검 끝을 자신의 검 끝으로 콕 찍었다.

쩡!

예상대로 강한 반탄력이 느껴졌다.

모용기는 그 힘에 저항하지 않고 그대로 몸을 맡긴 채 한 번 재주를 넘었다. 그것으로 방향이 잡혔다. 모용기의 신형이 허공에서 쭉 뻗어 나갔다.

그 순간 제갈연이 잽싸게 몸을 빼더니 백운설을 둘러멨다. 그리고는 그대로 전장을 이탈하려는 움직임을 보였다.

"후. 다행……!"

내심 안도를 하던 모용기의 눈동자가 급격하게 커지기 시작했다. 제갈연의 좌측에서 시커먼 인영이 불쑥 튀어나왔기 때문이다.

모용기가 있는 힘껏 소리를 질렀다.

"피해!"

그러나 모용기의 바람은 미처 제갈연에게 전해지지 못했다. 일장을 얻어맞은 제갈연이 마치 실 끊어진 연처럼 힘없이 날아갔다. 모용기의 얼굴에 핏기가 가셨다.

"젠장!"

다시 한 번 암영대원의 검 끝을 잡으려던 생각이 흔적도 없이 사라졌다.

"비키라고!"

모용기가 버럭 소리를 지르며 허공에서 검을 쭉 그었다. 단전에서 한 덩어리의 내력이 쑥 빠져나가더니 반월형의 검기가 형체를 갖춘 채 빛살같이 쏘아졌다. 아래에서 모용기를 노리던 암영대원들의 안색이 변하더니 급히 검을 고쳐 잡았다.

서걱!

하나 의미 없는 몸부림일 뿐이었다. 무려 일곱의 암영대원이 검과 함께 두 동강이 난 채 그대로 무너져 내렸다.

"미, 미친!"

"말도 안 돼!"

경악하는 암영대원들 사이로 모용기가 툭 떨어져 내렸다. 그리고는 다시 한 번 땅을 박찼다. 그리고 이게 마지막이었다.

단번에 거리를 좁힌 모용기가 백운설을 노리는 시커먼 인영을 향해 예의 그 반월형의 검기를 쏘아 냈다. 백운설을 노리던 괴인은 화들짝 놀라더니 양손을 내밀어 모용기가 발출한 검기를 올려쳤다.

쾅!

"꺄아악! 응?"

비명을 지르던 백운설이 예상했던 고통이 뒤따르지 않자 슬그머니 실눈을 떴다. 이내 두 눈에 들어오는 익숙한 뒷모습에 백운설이 반색을 했다.

"기아야!"

그러나 모용기는 뒤로 돌아보지 않고 버럭 소리를 질렀다.

"얼른 연아한테 가 봐!"

"으응?"

"연아한테 가 보라고! 내 말 안 들려?"

"너 진짜……."

섭섭한 마음에 눈물이 그렁그렁하려던 백운설이 한순간 화들짝 놀라며 제갈연에게 뛰어갔다.

"제갈 소저, 괜찮아요? 정신 좀 차려 봐요! 제갈 소저!"

제갈연은 이미 의식이 없었다. 파리한 안색과 입가에 가늘게 흐르는 핏줄기가 그녀의 상태를 대변해 주고 있었다.

"제갈 소저! 제갈 소저! 정신 좀 차려 봐요! 제갈……."

그러나 백운설은 더 이상 말을 이어 갈 수가 없었다. 뒤늦게 나타난 당소문이 백운설을 밀어낸 게다.

"비켜!"

땅바닥을 구른 백운설이 당소문의 얼굴을 확인하고는 눈썹을 치켜떴다.

"소문이 너……."

그러나 이내 말꼬리를 흐리고 말았다.

당소문이 제갈연의 상의를 거칠게 찢어 냈기 때문이다. 백운설이 당황한 얼굴로 당소문의 팔에 매달렸다.

"너 뭐 하는 거야?"

"아! 좀 비키라고!"

속옷만 남기고 제갈연의 상세를 살피던 당소문이 용조수를 사용해서 백운설을 밀어냈다. 제법 강한 힘을 실었는지 백운설이 꽈당 하고 엉덩방아를 찧었다.

"이게 진짜! 너 지금 뭐 하는……."

"그만하거라."

익숙한 목소리에 백운설이 저도 모르게 고개를 돌렸다. 어쩔 수 없이 검기를 사용해 적을 뚫어 낸 조화심이 어느새 다가와 제갈연을 내려다보고 있었다.

조화심의 뒤를 따라온 운현과 소무결이 조화심의 눈치를 보며 당소문에게 다가갔다. 명진 역시 걱정이 깃든 얼굴로 제갈연의 옆에 섰다.

　　소무결이 당소문을 콕콕 찔렀다.

　　"연아는 어때?"

　　그러나 당소문은 대꾸도 없이 눈을 찌푸리기만 했다.

　　운현이 침을 꿀꺽 삼키며 말했다.

　　"많이 안 좋아?"

　　당소문은 여전히 대꾸하지 않았다. 참지 못한 소무결과 운현이 다시 한 번 당소문을 재촉하려는 찰나, 조화심이 문득 입을 열었다.

　　"오독신장이군."

　　"헉! 그럼 저 인간이……."

　　"오독신군 육경사!"

　　패천성 휘하의 오독문 출신인 육경사는 당금 강호에서 떠오르는 고수로 이름을 날렸다.

　　종잡을 수 없는 성정 탓에 사문인 오독문에서도 배척을 받는 육경사였지만, 조화심과 동년배인 그는 조화심보다 윗줄의 고수로 사람들의 입가에 오르내릴 정도로 실력만큼은 확실했다.

　　"말도 안 돼! 저런 괴물이 왜 여기서 튀어나와?"

　　"그러게. 저 인간이 뭘 잘못 처먹었나?"

모용기와 대치하는 육경사를 보고 당황해하던 운현과 소무결이 뒤늦게 제갈연의 가슴에 찍힌 손자국을 살폈다. 다섯 가지 색깔이 주기적으로 변화하는 게 확실히 평범한 피멍은 아닌 것 같았다.

소무결이 다급한 얼굴로 당소문에게 매달렸다.

"해약은? 너 해약 있지? 얼른 해약 좀 내놔 봐! 이러다 연아 죽는다고!"

그러나 당소문은 여전히 아무런 말도 하지 못했다.

당가라고 모든 독의 해약을 가지고 있는 것은 아니었기 때문이다.

당소문이 저도 모르게 고개를 저으려는 찰나, 이번에는 운현이 반대쪽 팔에 매달렸다.

"야 인마! 설마 없는 건 아니지? 제발 그러지 마! 연아 진짜 죽는다고!"

당소문은 한숨만 푹푹 내쉬었다.

그리고 그들의 말을 다 들은 모용기가 이를 악물었다.

"내놔."

호기심이 가득한 눈으로 모용기를 쳐다보던 육경사가 히죽 웃음을 보였다.

"없는데?"

"진짜 없어?"

"그렇다니까."

"뒤져서 나오면 해약 하나에 백 대야, 새끼야!"

모용기가 버럭 소리를 지르며 육경사에게 달려들었다.

엿가락처럼 쭉 늘어나는 모용기의 운중보는 육경사의 눈동자에 파문이 일게 하기에 충분했다.

그러나 그것도 잠시, 이내 침착함을 되찾은 육경사가 장력을 발출하며 모용기를 밀어내려 했다.

그러나 이미 힘을 아끼는 것을 포기한 모용기다. 자유자재로 검기를 썼다. 시퍼런 검기가 육경사의 장력을 갈기갈기 찢어발겼다.

촤악! 촤악!

그리고 벌어진 틈을 향해 검을 쑥 찔러 넣었다.

그 순간 육경사의 신형이 픽 꺼지듯 그 자리에서 사라졌다.

마치 그럴 것이라 예상이라도 했다는 듯 땅을 찍어 단번에 삼 장을 건너뛴 모용기가 허공을 향해 검을 획 그었다.

허공에서 떨어져 내리던 육경사가 다급한 손짓으로 마구 장력을 발출했다.

비릿한 내음을 머금은, 다섯 가지 독을 품은 육경사의 장력이 모용기를 향해 그대로 내리꽂혔다.

쾅!

"큭!"

그런데 물러난 것은 오히려 육경사였다.

허공에서 떨어져 내리며 자신의 체중까지 실었건만 모용기의 검기를 감당해 내지 못한 게다.

급하게 몸을 틀지 않았다면 그대로 두 동강이 났을 터였다.

다섯 걸음이나 물러서며 자신을 덮치는 힘을 해소한 육경사가 모용기를 노려봤다.

"제법이군."

모용기가 어이가 없다는 얼굴을 했다.

"제법? 제법? 내가 하고 싶은 말이다, 이 새끼야!"

모용기가 땅을 툭 찍었다.

소무결이 입을 쩍 벌렸다.

"쟤 진짜 열여덟 맞아?"

"쟨 그냥 포기해. 포기하면 편해."

운현이 고개를 절레절레 저었다.

둘의 사이로 명진이 둘의 어깨를 툭 치고 지나갔다. 운현과 소무결이 얼굴을 찌푸리며 명진을 돌아봤다. 음양이로를 필두로 어느새 모여든 암영대원들을 명진과 조화심이 막아서고 있었다.

운현이 얼굴을 와락 구겼다.

"죽겠네, 진짜."

소무결도 동의한다는 듯이 고개를 끄덕였다.

"내 말이. 이럴 줄 알았으면 저 자식이랑 엮이지 말고 다른 애들이랑 무호반 가는 게 나을 뻔했어."

그러나 말과 행동이 달랐다.

소무결은 죽는소리를 하면서도 단단히 타구봉을 움켜쥔 채 명진의 옆으로 가서 섰다.

한숨을 내쉰 운현이 당소문과 백운설을 돌아봤다.

"너희들은 연아 데리고 철장방으로 돌아가."

운현의 말뜻을 읽은 당소문이 고개를 끄덕였다.

"금방 오마."

그러나 백운설은 미적거렸다.

"하, 하지만 너희들은……."

"하지만은 무슨 하지만이야? 어차피 넌 도움도 안 돼. 붙어 보고도 몰라?"

백운설이 입술을 꼭 깨물었다. 운현은 신경도 쓰지 않고 소무결의 옆으로 다가갔다.

제갈연을 업은 당소문이 백운설을 돌아봤다.

"어서 가자."

백운설은 새빨개진 눈으로 고개를 저었다.

"난 안 가."

당소문이 눈을 찌푸렸다. 그러나 백운설과 아옹다옹할 생각은 눈곱만큼도 존재하지 않았다.

지금 이러는 동안에도 제갈연은 시시각각 죽어 가고 있

었기 때문이다. 제갈연의 호흡이 점점 더 거칠어져 가는 게 확연하게 느껴졌다. 한시가 급했다.

"그러든가."

당소문은 냉정하게 잘라 냈다. 가만히 있던 천영영을 들쑤셔서 결국 이 사단이 난 게다.

백운설의 잘못이라고 보기는 힘들었지만 그래도 감정이 좋지 못한 것은 어쩔 수 없었다. 그래서 미련 없이 등을 돌릴 수 있었다.

멀어져 가는 당소문을 지켜보던 백운설은 아랫입술을 질끈 깨물며 조화심에게 다가갔다.

"사부님, 저도……."

그런데 운현이 뒤도 돌아보지 않고 백운설의 말을 잘랐다.

"넌 그냥 가라니까 왜 남았어? 발목이나 잡지 말고 그냥 가라고!"

운현은 아예 막나가기로 했다. 어차피 죽을 거라 여긴 게다. 눈앞의 적을 감당할 방법이 없었다. 그래서 조화심이두 눈 뜨고 지켜보는 앞에서도 백운설을 타박할 수 있었던 게다.

그러나 백운설은 달랐다. 제 사부의 앞이었다. 그래서 눈만 부릅뜨고 운현의 뒤통수를 노려보기만 했다. 그런데 소무결이 대신 나섰다.

"너 운설이한테 왜 그래? 도와주겠다고 남은 건데 왜 짐 덩어리 취급이야?"

"쟤가 돕긴 뭘 도와? 쟤가 저 중에 하나라도 상대할 수 있어? 짐 덩어리 맞잖아."

"아 진짜 쫌! 우리끼리 싸우기라도 하자는 거야? 왜 그렇게 날을 세워? 좋게 말해도 되잖아."

운현이 다시 입을 열려는데 의외로 조화심이 끼어들었다.

"운현이라고 했나? 저 아이의 말이 맞다. 운설이 너는 돌아가거라."

"사부님!"

백운설이 눈물을 글썽였다. 믿었던 제 사부에게조차 배신당했다 여긴 게다.

백운설이 입술을 꼭 깨물었다.

"싫어요."

"돌아가라 했다."

"싫어요. 저도 사부님과 함께……."

"같이 죽겠다고?"

백운설이 저도 모르게 입을 다물었다. 별처럼 반짝거리는 큰 눈동자가 불안감을 품으며 세차게 흔들렸다. 그러나 조화심은 냉정하기만 했다.

"개죽음이다."

21

"사, 사부님!"

백운설의 목소리가 가늘게 떨려 나왔다.

그러나 조화심은 더 이상 백운설에게 신경 쓰지 못했다. 음양이로가 앞으로 나섰기 때문이다.

음노가 먼저 말했다.

"십 년 만인가? 아는 얼굴이라고 이렇게 보니 또 반갑 군."

"자네는 반가운가? 나는 저 면상을 씹어 먹고 싶은데. 아 니지. 그게 그건가?"

양노가 낄낄거렸다. 그러더니 한순간 두 눈을 희번덕거 렸다.

"십 년 동안 두 다리 뻗고 잘 잤지? 나는 네놈 생각만 하 면 자다가도 벌떡벌떡 일어났는데."

그리고는 냅다 몸을 날렸다.

"이제 죽자, 이 자식아!"

아직 거리가 제법 있었지만 후끈한 장력이 벌써부터 조 화심을 압박했다.

그 의도가 통했는지 조화심은 모용기와 다르게 처음부터 검기를 뽑아 들었다.

검기도 없이 양노의 일양장과 음노의 음월지를 받아 낼 자신이 없었던 게다.

쾅!

"으음."

양노의 힘을 해소하려 두 걸음 물러서던 조화심이 저도 모르게 신음성을 흘렸다. 모용기의 검기와는 다르게 자신의 검기는 양노의 장력을 베어 내지 못한 게다.

'이걸 잘랐다고?'

멀리 육경사를 상대하고 있는 모용기를 돌아본 조화심은 기가 차다 못해 질렸다는 얼굴이다.

고강한 내력을 바탕으로 한 양노의 강력한 장력을 무슨 수로 베어 냈는지 짐작조차 가지 않았기 때문이다.

그러나 한눈을 판 대가는 컸다. 음양이로나 조화심 같은 고수들 간의 격전에서는 작은 차이가 생사를 가르기 때문이다.

쉭!

"헙!"

살을 에는 듯한 냉기를 느낀 조화심이 급하게 숨을 들이켜며 검을 휘둘렀다. 감히 받아 낼 생각도 하지 못하고 밀어내기에 바빴다.

그 수로 완전히 선수를 내줄 수밖에 없었다. 조화심의 빈틈을 엿본 음양이로가 기회를 놓치지 않았기 때문이다.

쾅! 쾅! 쾅!

"젠장!"

조화심이 물러서며 마구잡이로 검을 휘둘렀고, 그의

검기에 밀려난 음양이로의 경력이 사방으로 흩어졌다.

"으헉!"

멍청한 얼굴로 고수들의 격전을 쳐다보던 운현이 기겁을
하며 몸을 뺐다.

쾅!

"미, 미친!"

비산하는 흙먼지를 현실감 없는 눈으로 쳐다보던 운현이
아차 하는 얼굴로 급하게 시선을 돌렸다.

"운설이는?"

백운설은 휘몰아치는 경력을 피해 내지 못할 거라 여긴
게다.

다행히 소무결이 백운설을 챙겼다.

"여기 있다."

소무결이 백운설을 빼내느라 잡아챘던 뒷덜미를 놓았고.

털썩!

지탱해 주던 힘이 사라지자 백운설이 힘없이 주저앉았
다.

안도하던 운현이 버럭 소리를 질렀다.

"그러니까 가라고! 지금이라도 좀 가! 살려 주겠다는데
왜 그래? 가서 좀 살라고!"

그러나 백운설은 제대로 된 반응조차 하지 못했다.

"어? 어?"

아예 넋을 놨다. 전장을 가득 채운 살기가 그녀의 정신을 지배한 게다.

"미치겠네, 진짜."

운현이 머리를 벅벅 긁었다. 소무결도 곤란하다는 얼굴로 뺨을 긁적였다.

그때 명진이 한 걸음 앞으로 나섰다.

"어차피 늦었다."

"뭔 소리야? 늦긴 뭐……."

의문을 표하던 운현이 말끝을 흐렸다. 어느새 암영대가 그들을 물샐틈없이 에워쌌기 때문이다. 이제는 빠져나갈 수도 없었다.

"에이 씨. 나도 이젠 모르겠다. 너희들이 책임져. 난 그럴 실력 안 되니까."

그러나 말과 행동이 다른 것은 운현도 마찬가지였다. 백운설을 둘러싸는 세 방위 중 하나를 차지하고는 검을 세운다.

소무결이 히죽 웃었다.

"내가 이래서 널 좋아한다니까."

운현이 와락 얼굴을 구겼다.

"난 여자 좋아한다고!"

모용기가 수직으로 검을 그었다. 반으로 쪼개진 육경사의 장력이 모용기의 양옆을 스쳤다.

쾅! 쾅!

우수수 피어오르는 흙먼지를 뒤로하고 모용기가 번쩍 몸을 날렸다.

"내놔!"

"없다니까!"

번뜩이는 검 끝이 육경사의 미간을 노렸다. 육경사는 눈하나 깜빡하지 않고 장력을 올려쳤다.

쾅!

모용기의 검이 대번에 튀어 올랐고, 눈을 빛내며 모용기의 그 틈을 노리던 육경사는 한순간 화들짝 놀라며 몸을 뺐다.

"젠장!"

허공으로 튀어 올랐던 모용기의 검이 기묘한 궤적을 그리며 일도양단의 기세로 내리꽂힌 것이다.

쉭!

검기가 바람을 가르는 소름끼치는 소리에 육경사는 등골이 서늘했다. 그러나 이내 오독을 머금은 장력을 뿌리며 번개같이 달려들었다.

"너 뭐야! 대체 뭐냐고!"

강호에서 고수로 이름을 떨친 이들도 까다로워하는 자신의 오독신장이다. 듣도 보도 못한 어린놈이 받아 낼 만한 성질의 것이 아니었다. 그래서 짜증을 냈다.

그러나 짜증이 나는 것은 모용기도 마찬가지였다. 다만 짜증의 대상이 상대가 아니라 자신이라는 것이 육경사와의 차이점이었다.

'왜 안 되는 거냐? 왜?'

회귀 전의 자신이라면 음양이로나 육경사라도 벌써 피를 뿌렸을 게다.

음양이로나 육경사가 제아무리 강호에 이름을 떨친 고수라 할지라도 황궁의 황룡십오검에는 한참이나 미치지 못하기 때문이다.

황룡십오검 개개인의 실력은 음양이로나 육경사에 미치지 못한다고 하더라도, 그들이 펼쳐 내는 합격진은 고수들이 즐비한 강호에서도 받아 낼 이가 한 손으로 꼽을 만큼 위력적이었다.

'뭐가 문제지?'

그나마 음양이로는 암영대의 도움이라도 있었다고 변명이라도 해 보겠지만, 육경사는 그럴 여지조차 없었다. 일대일로 붙어서 아직까지 제압하지 못한다는 것은 모용기 자신이 회귀 전의 자신에 미치지 못한다는 의미였다.

'이게 대체 왜 이래?'

회귀 전의 무위에 완벽하게 이르지는 못했지만 거의 근

접했다고 여겼다. 잘 먹고 잘 쉰 덕에 몸 상태는 그때와 비교할 수 없을 정도로 좋았다.

그 시절의 자신이 상대라 하더라도 쉽게 밀리지 않을 거라 생각했고 그만큼 자신감이 넘쳤었다.

모용기가 저도 모르게 중얼거렸다.

"이럴 리가 없는데."

"내가 하고 싶은 말이다, 이 새끼야! 좀 맞아라! 맞으라고! 이건 불법이라고!"

모용기의 중얼거림을 용케 들은 육경사가 악다구니를 썼다.

"법을 지켜 본 적도 없는 새끼가 무슨 불법 타령이야? 존재 자체가 불법인 새끼가!"

그리고는 검을 쭉 내밀었다. 그런데 육경사의 장력은 모용기의 검이 미치기도 전에 허공에서 팡 하고 터져 나갔다. 비릿한 내음이 훅 하고 들이쳤다.

"흡!"

순간 호흡을 멈춘 모용기가 뒤로 물러서며 마구잡이로 검을 휘둘렀다. 공간에 뿌려진 독 기운을 걷어 내고자 함이었다.

"제길!"

이래서 독공의 고수들이 상대하기가 까다로운 게다. 기척도 없이 스며드는 독을 경계하느라 순간순간 호흡이 끊어졌다.

물 흐르듯 자연스럽게 이어지던 검로도 그 순간만큼은 멈칫거리기 일쑤였다. 방심하는 순간 그 즉시 중독이기 때문이다.

　'짜증 나게. 그냥 확 들이박아 버릴까 보다.'

　하라면 못 할 것도 없었다. 그러나 자신 역시 죽을 각오는 해야 할 터.

　'응? 죽을 각오?'

　그 순간 모용기가 눈알을 또르르 굴렸다.

　그 모습을 본 육경사가 광분을 했다.

　"어쭈! 요 자식 보게? 이금 이 상황에서 다른 생각을 할 겨를이 있다 이거지?"

　육경사의 장력이 사방에서 터져 나갔다. 비릿한 내음이 모용기를 빈틈없이 촘촘히 감싸 안았다.

　육경사의 예상대로 모용기가 멈칫하더니 찰나의 시간이지만 동작이 끊어졌다. 끊임없이 장력을 터트린 효과가 있었는지 모용기의 움직임이 이전보다 둔해 보였다.

　'기회!'

　독사처럼 눈을 빛내던 육경사가 허깨비처럼 그 자리에 픽 꺼지듯 사라졌다. 그리고는 모용기의 왼쪽에서 불쑥 솟아오르더니 일장을 뻗어 냈다.

　"죽어, 이 새끼야!"

　내력을 극성으로 끌어올렸다.

콰아아!

반장도 되지 않는 짧은 거리임에도 바람을 가르는 소리가 심상치 않게 들려왔다.

그 순간 모용기가 눈을 반짝였다.

"너나 죽어, 이 새끼야!"

모용기가 대각선으로 검을 그었다.

쉭!

"으헉!"

육경사가 기겁을 하며 몸을 뺐다.

서걱!

그러나 조금 늦었다. 간발의 차였다.

모용기의 검 끝이 육경사의 옆구리 걸리더니 팟 하고 피를 튀겼다.

비틀거리며 물러서던 육경사가 모용기를 노려보며 소리를 질렀다.

"이 새끼가! 진짜 죽을 뻔했잖아! 기껏 얻은 거 누리지도 못했는데."

"억울해하지 마."

모용기가 입을 열며 육경사의 입을 다물게 했다.

모용기가 히죽 웃음을 보였다.

"나도 같이 죽을 거니까."

쩡!

"젠장!"

암영대원이 허공에서 내려친 일격에 운현이 비틀거리며 물러섰다.

그러나 발뒤꿈치에 턱 하고 걸리는 무언가가 운현이 더는 물러서지도 못하도록 발목을 붙들었다.

"어?"

백운설이었다. 그제야 정신이 돌아오는지 그녀의 눈동자에 초점을 잡기 시작했다.

"운현아! 너 피! 피!"

군데군데 피를 흘리는 운현의 모습에 백운설이 호들갑을 떨었다. 운현이 얼굴을 구겼다.

"시끄러! 이 정도도 생각 안 하고 여기 남은 거야?"

"그, 그게……."

"닥치고 겁이나 들어! 뭐라도 해야 할 거 아냐?"

"하, 하지만……."

"하지만은 무슨 하지만이야? 정 안 되겠으면 무결이나 명진이 뒤로 가서 붙어. 난 더는 못 지켜 주겠으니까."

명진이나 소무결은 백운설과의 거리에서 아직 열 걸음 이상 여유가 있었다. 자신만 형편없이 밀린 게다.

'애만 아니었어도.'

백운설의 탓이 컸다.

명진이나 소무결에 비해 무공이 처지는 것은 운현 스스로도 인정했다. 그러나 이 정도는 아니었다.

명진이 이렇게까지 형편없이 밀린 이유는 백운설 때문에 발이 묶인 탓이 컸다. 곤륜 무공의 기반이 되는 운룡대팔식을 원하는 대로 쓸 수가 없었던 탓이었다. 그래서 화가 났다.

이를 으드득 갈던 운현이 차가운 눈으로 백운설을 돌아봤다.

"저 자식들 뒤로 가서 붙어. 난 더 이상 너 못 봐줘."

툭!

가볍게 땅을 찍은 운현의 신형이 허공을 갈랐다. 구름 속에 숨어 있던 용이 드디어 자유를 찾은 게다.

그러나 백운설은 깜짝 놀란 얼굴로 비명을 질렀다.

"운현아! 안 돼! 야! 하지 마! 야!"

일반적인 싸움에서 허공으로 뛰어오르는 것은 금기시되었다.

실력 차가 뚜렷하거나 큰 위력을 지닌 회심의 일격을 가할 때가 아니면 가급적 허공으로 뛰어오르지 않는 것이 좋았다. 허공에서는 드러나는 빈틈을 메울 방법이 한정적이기 때문이다.

'안 되긴 뭐가 안 돼?'

그러나 운현은 자신이 있었다. 일반적인 원칙에서 몇 가지

예외가 되는 무공 중의 하나가 곤륜의 운룡대팔식이기 때문이었다.

허공에서 자유자재로 움직임을 가져가는 운룡대팔식의 기예가 그것을 가능하게 했던 게다.

'곤륜의 무공을 제대로 보여 주지!'

소무결과 명진을 의식한 운현이 입술을 질끈 깨물었다. 그 순간 약속이라도 했다는 듯이 암영대원들이 검을 번쩍 치켜들었다.

"흥!"

코웃음을 친 운현이 그대로 검을 찔렀다. 모용기처럼 상대를 가리지도 않았다. 대충 아무나 하나 골라서 검 끝을 잡았다.

쩡!

운현의 신형이 불쑥 솟구쳐 올랐다. 그것을 확인한 암영대원들이 다음 공격을 준비하려 일제히 검을 내렸다.

운현이 노린 바다. 운현이 눈을 빛내더니 뚝 떨어져 내리며 검을 내리쳤다.

"헛!"

운현에게 검 끝을 잡혔던 암영대원이 급히 숨을 들이켜며 검을 수평으로 들었다.

쩡!

"큭!"

운현의 검을 받아 낸 암영대원이 비틀거리며 물러섰다. 그러나 운현이 더 빨랐다. 운현은 상대의 힘을 이용해 바닥을 딛지도 않은 채 상대를 뛰어넘었다. 남궁서천 등을 상대할 때 선보였던 용유자미가 빛을 발했다.

"죽어!"

"이놈!"

운현이 땅을 딛고 서자 암영대원들이 즉시 반응했다. 그러나 급한 움직임이라 힘이 실리지 못했다. 운현이 한 방향으로 회전하며 날아드는 검을 모조리 걷어 냈다.

그리고는 자신의 검을 받아 내고는 주춤거리며 물러서던 암영대원의 등짝을 확인하는 순간 비스듬하게 검을 그어 버렸다.

서걱!

"악!"

팟 하고 튀어 오르는 핏물을 그대로 뒤집어썼다. 그러나 눈을 가리는 핏물을 닦아 내지도 못한 채 급하게 땅을 찍었다.

번쩍이며 날아들던 암영대원들의 검날이 운현이 남긴 잔상을 가르고 땅을 찍었다.

픽! 픽! 픽!

운현은 이미 다음 목표를 노렸다. 허공에서 자유자재로 움직임을 가져가는 운현의 모습에 잠시나마 암영대의 대열이 어지러워졌다.

"저! 저! 미친놈이 진짜!"

그러나 소무결은 알고 있었다.

허공에서 자유로운 움직임을 가져가는 것에 대한 대가는 막대한 내력의 소모였다. 기껏해야 일다경이다.

이미 많은 내력을 소모한 지금은 그 반도 버티지 못할 게 다.

입술을 질끈 깨문 소무결이 타구봉을 양손으로 돌리며 그 자리에서 빙글 돌았다.

"꺼지라고!"

사나운 기세에 암영대원들이 주춤했다.

그 순간 소무결이 냅다 몸을 뺐다.

"어? 잡아!"

"거기 안 서!"

"니들 같으면 서겠냐?"

버럭 소리를 지른 소무결이 명진의 뒤로 붙는 순간 명진의 검이 휙 돌아왔다.

"으헉! 나야! 나라고!"

화들짝 놀라는 소무결을 차가운 눈으로 쳐다보던 명진이 한순간 몸을 훌쩍 날렸다.

명진의 등을 노리던 암영대의 검이 소무결에게 향했다.

"젠장!"

소무결이 와락 얼굴을 구기며 타구봉을 양손으로 돌렸다. 암영대원들의 검이 소무결의 방어를 뚫지 못하고 모조리 튕겨져 나갔다.

그사이 명진도 놀고만 있었던 게 아니다. 소무결의 뒤를 노리던 암영대를 상대했던 게다.

요란한 소음을 내며 적을 상대하는 소무결의 타구봉과는 달리, 명진의 검은 고요하다는 표현이 잘 어울렸다. 부드럽게 움직이는 태극검이 적의 검로를 모조리 틀어 버리는 게다.

이따금씩 들리는 병장기 부딪치는 소리가 저들끼리 부딪치는 것이 대부분일 정도로 유의 묘리의 극치를 보어 주던 명진이 뒤도 돌아보지 않은 채 입을 뗐다.

"뭐냐?"

"운현이랑 운설이. 쟤들 내버려 둘 거야?"

명진이 한쪽 눈을 찡그렸다.

정신없이 암영대의 검을 받아넘기는 와중에도 운현과 백운설을 살피던 명진이었다.

운현이야 그렇다 쳐도 백운설은 암영대가 몰리는 순간 바로 피를 뿌릴 터.

그러나 이렇다 할 방법이 떠오르지 않았다. 언뜻 떠오르는 건 죄다 어려워 보였다.

그래서 가장 쉬운 방법을 선택했다. 소무결에게 떠넘긴 게다.

"좋은 생각 있나?"

"일단 뭉치자. 나머지는 뭉치고 나서……."

"알았다."

명진이 일 검에 암영대의 검 세 개를 낚아채며 소무결의 말을 잘랐다.

그리고는 잡아낸 검들을 소무결의 등 뒤로 돌려 버렸다.

"숙여!"

척하면 착이다. 명진의 말이 떨어지기가 무섭게 상체를 숙인 소무결이 타구봉을 수평으로 세웠다. 명진의 검에 이끌려 나오던 암영대원 셋이 소무결의 타구봉에 다리가 걸렸다.

"어!"

"이런!"

암영대 셋이 균형을 잃더니 소무결을 노리던 또 다른 암영대원들과 그대로 얽혀들었다.

쿠당탕!

"가자."

명진이 훌쩍 몸을 날리자 소무결이 뒤처지지 않고 꼬리에 붙었다.

"저, 저리 가!"

주춤거리며 뒤로 물러서는 백운설을 훌쩍 뛰어넘은 명진이 그대로 검을 그었다.

백운설을 노리던 암영대원 하나가 반사적으로 검을 들었다.

그러나 검이 부딪치는 소리는 여전히 크지 않았다. 예전에 운현의 검이 그랬던 것처럼 명진의 검 역시 적의 검을 타고 스르륵 흘러내렸다.

다른 점이 있다면 검과 몸이 하나가 되어 흘러내렸던 운현과는 다르게 검만 흘러내렸다.

그리고 명진의 검 끝이 적의 검면에 걸리는 순간 명진이 손목에 힘을 가했다.

서걱!

"어?"

명진의 검을 받아 내던 암영대원이 눈을 깜빡거렸다.

그 순간 가슴에서 아랫배까지 쩍 벌어지더니 피분수를 쏟아 냈다.

그 상황을 고스란히 지켜보던 백운설이 비명을 질렀다.

"꺄악! 어? 뭐, 뭐?"

소무결이 백운설의 뒷덜미를 낚아채며 버럭 소리를 질렀다.

"시끄러우니까 입 좀 닥쳐!"

그리고는 길을 여는 명진의 뒤로 따라붙으려는 순간, 시커먼 물체가 쿵 하고 떨어져 내리더니 소무결의 앞을 막아섰다.

"사부님!"

백운설이 소무결의 손길을 뿌리치며 조화심에게 달려갔다.

"사부님! 괜찮으세요? 사부님!"

"쿨럭! 쿨럭! 우웩!"

조화심이 마른기침을 하며 피를 토했다.

"빌어먹을."

소무결이 욕설을 토해 내며 조화심과 백운설의 앞을 막아섰다.

소무결의 눈길이 명진을 찾았다. 그러나 명진은 이미 소무결의 반대편에서 암영대를 막아서고 있었다.

'상황 파악이 빨라서 좋긴 하다만……'

그게 의미가 있나 싶었다. 명진과 자신 둘만으로 막아서기에는 적의 전력이 너무 강했다.

그리고 마지막이라 생각했는지 암영대 전체가 한결 더 짙은 살기를 뿜어냈다.

소무결이 긴장한 얼굴로 침을 꿀꺽 삼키는데 양노의 목소리가 터져 나왔다.

"물러서!"

양노의 외침에 암영대가 멈칫하더니 뒷걸음치며 대형을 물렸다. 그 사이를 헤치며 음양이로가 모습을 드러냈다.

양노가 쯧 하고 혀를 찼다.

"꼴하고는."

자라 보고 놀란 가슴에 솥뚜껑 보고 놀란다고 조화심을 상대하기 전만 해도 혹시나 했었다.

모용기 같은 놈이 또 튀어나올까 걱정이 됐던 게다.

그러나 그런 놈은 모용기 한 놈뿐이었다.

조화심과의 싸움은 싱거울 정도로 쉽게 끝이 났다.

감상에 젖은 양노를 음노가 재촉했다.

"빨리 끝내시게."

음노의 말에 양노가 고개를 끄덕였다.

아직 소무결과 명진이 남아 있었지만 그 정도는 눈에 들어오지도 않았다. 이제 끝을 볼 시간이었다.

마음을 정한 양노가 마지막을 준비하며 서서히 내력을 끌어올리는데, 이번에도 시커먼 물체가 허공에서 떨어져 내리더니 이번에는 음양이로의 앞을 막아섰다.

"뭐, 뭐야?"

양노가 흠칫 몸을 떠는 사이 한 걸음 물러선 음노가 가늘게 눈을 떴다. 그러나 이내 찢어져라 눈을 치켜떴다.

"육경사!"

운룡대팔식은 확실히 내력 소모가 심했다. 한 번 허공을 가를 때마다 내력이 쑥쑥 빠져나갔다.

몇 번 허공을 가르자 몸놀림이 눈에 띄게 둔해졌다. 고작

셋을 잡아내고 내력이 고갈된 게다.

"젠장!"

운현이 욕설을 내뱉었다. 생기가 빠져나갔는지 얼굴이 눈에 띄게 창백했다.

'너무 설쳤나?'

한순간의 화를 참지 못해서 너무 깊숙이 들어온 게다. 덕분에 목숨이 간당간당해졌다.

그러나 운현은 이내 고개를 저었다. 누군가의 뒤에 숨는 건 자신의 적성에 맞지 않기 때문이다.

다만 아쉬운 게 있다면 그 고생을 하고도 셋밖에 잡아내지 못했다는 것이다.

'더 잡아야 하는데.'

어려운 일이다. 그리고 그 사실을 운현도 잘 알고 있었다.

잠시 눈빛이 어두워지던 운현이 이내 어금니를 악다물었다.

'젠장! 정신 차리자!'

어떻게 해서든 하나라도 더 잡아야 했기 때문이다. 그게 소무결이나 명진이 살아날 확률을 조금이라도 높이는 길이었기 때문이다.

다시 눈빛이 살아난 운현이 검을 뻗어 암영대원의 검 끝을 잡아냈다.

쩡!

운현의 신형이 한 번 더 솟구쳐 올랐다. 그러나 높이가 확연하게 달랐다. 덩달아 검에 실린 힘도 한결 가벼웠다.

이제껏 잠잠하던 암영대가 그것을 눈치 챘는지 동시다발적으로 튀어 올랐다. 사방에서 검이 쏟아졌다.

"망할!"

운현이 허공에서 빙글 몸을 돌리며 쏟아지는 검을 걷어 냈다.

챙! 챙! 챙!

그러나 올라가면 내려오는 게 사물의 이치. 이내 힘이 다한 운현이 뚝 떨어져 내렸고, 그런 그를 향해 불쑥 검이 솟구쳤다.

더는 검 끝을 잡아낼 힘이 없던 운현이 자신을 노리고 날아드는 검을 후려쳤다.

쩡!

자신을 노리던 암영대원의 검이 휙 돌아갔다. 운현이 그 틈을 놓치지 않고 무릎을 세웠다.

빠각!

"악!"

코가 완전히 주저앉은 암영대원이 비틀거리며 물러섰다. 운현은 땅을 딛는 동시에 바닥을 찍으며 검을 뻗었다.

푹!

"컥!"

목을 내준 암영대원이 그대로 무너지며 핏물이 튀었다. 차갑게 얼굴을 굳힌 운현이 뒤로 넘어가는 암영대원의 가슴을 밟았다. 다시 튀어 오를 생각인 게다.

"죽어!"

그러나 이번에는 암영대의 반응이 더 빨랐다. 몇 번 봤다고 운현의 움직임이 눈에 익은 게다.

스팟!

"윽!"

암영대원의 검이 운현의 종아리를 스쳤다. 제법 상처가 깊은지 핏물이 팟 하고 튀었다. 그 고통을 참지 못한 운현이 뛰어오르다 말고 균형이 무너졌다.

"제길!"

추락하던 운현은 핏발이 선 눈으로 검을 뿌렸다.

챙! 챙! 챙!

운현은 종아리를 불로 지지는 듯한 고통에도 이를 악물며 사방에서 날아들던 검을 침착하게 막아 냈다.

그러나 딱 하나가 운현의 검을 뚫고 혓바닥을 날름거렸다.

"헛!"

운현이 급하게 몸을 틀었다. 그러나 이미 코앞까지 다가온 검을 완전히 피해 내기는 무리였다.

암영대원의 검이 운현의 왼쪽 가슴부터 왼쪽 어깨까지 길게 베고 지나갔다.

"윽!"

상처를 입고 물러서던 운현이 이를 악물고 사방으로 마구 검을 뿌렸다.

그러나 마지막 발악일 뿐이다. 운현의 검이 힘없이 나풀거렸다.

다가선 암영대원 하나가 크게 검을 휘둘렀다.

쩡!

"큭!"

운현의 검이 멀리 튕겨져 나갔다.

연신 비틀거리던 운현이 암담한 눈을 했다. 그리고는 그 자리에 털썩 주저앉고 말았다.

"에이 씨! 죽여! 죽여! 어디 죽여 보라고!"

운현이 악다구니를 썼다. 붉게 물든 눈동자에 광기가 넘쳤다.

그러나 운현을 둘러싼 암영대는 눈 하나 깜빡하지 않았다. 그리고 그중 하나가 뚜벅뚜벅 걸어 나왔다.

앞으로 나선 암영대원이 검을 높이 치켜드는 순간, 운현이 눈을 질끈 감았다.

"씨발."

서걱!

피가 팟 하고 분수처럼 쏟아졌다.

그걸 그대로 뒤집어쓴 운현이 가늘게 실눈을 떴다.

"응?"

핏줄기로 얼룩덜룩한 익숙한 얼굴이 운현을 돌아봤다.

"기아야!"

운현이 반색을 했다. 그러나 모용기는 대뜸 욕설을 내뱉었다.

"죽여는 개뿔! 멍청한 새끼! 약해 빠진 새끼! 멍청하고 약해 빠진 주제에 성격만 더러운 새끼! 대가리에 똥만 찬 새끼!"

운현이 얼굴을 구겼다.

"나 다쳤다고! 더럽게 아프다고!"

"그러게 누가 나 따라오래? 철장방에 처박혀서 잠이나 잤으면 아무 일도 없었을 거 아냐!"

"도와주려고 한 거 아냐! 그게 도와주려고 한 사람한테 할 말이야?"

"돕긴 누가 누굴……."

"야, 야 인마! 위험……!"

운현이 다급한 얼굴로 소리쳤다.

그러나 모용기는 침착한 얼굴로 상체를 숙였다. 그리고는 자연스레 몸을 회전하더니 그 결을 따라 검을 쭉 그어 버렸다.

서걱!

"컥!"

모용기의 뒤를 노리던 암영대원 하나가 목덜미를 움켜쥔 채 주춤거리며 물러섰다. 그러나 채 두 걸음도 물러서지 못하고 그대로 무너졌다.

"헐……."

운현이 어처구니없다는 얼굴을 했다.

자신에게는 그토록 비싸게 굴었던 암영대원이다. 그런데 모용기에게는 쉽게 목을 허락했다. 자신에게는 그토록 어려운 일이 모용기는 너무 쉬웠다. 괜히 억울했다.

운현이 눈을 흘기는데 모용기가 버럭 소리쳤다.

"뭐 해? 와서 업혀!"

"으, 응?"

"업히라고! 다른 애들 다 죽일 셈이야?"

운현이 아차 했다. 뒤늦게 명진과 소무결, 백운설에게 생각이 미친 게다. 그러나 아직 남은 게 있었다. 운현이 슬그머니 시선을 돌렸다.

"……저것들은?"

"신경 쓸 것 없어."

모용기가 고개를 저었다.

그의 말대로 두 사람을 둘러싼 암영대는 바짝 얼어붙어 있었다. 모용기의 압도적인 존재감이 그것을 가능하게 했던 게다.

"그, 그럼…… 큭!"

떨떠름한 얼굴을 하고 급하게 몸을 일으키던 운현이 가슴을 부여잡고 신음을 흘렸다.

통증이 심했다. 온몸이 후끈거리면서 식은땀이 줄줄 흘렀다.

"제, 제길!"

그러나 발걸음을 멈추진 않았다. 빠른 걸음으로 모용기의 뒤로 다가서던 운현이 문득 주춤거렸다.

"왜 또?"

모용기의 물음에 운현이 미간을 좁혔다.

"너 피가……."

"괜찮아. 별거 아냐."

"그게 아니라……."

"괜찮다니까. 얼른 업히기나 해."

그러나 운현은 선뜻 손을 뻗지 못했다. 상처에서 흘러내리는 모용기의 피는 검붉다 못해 시커멓게 보였다.

"너 중독됐냐?"

"별거 아니라고. 얼른 업히기나 해."

그러나 운현은 여전히 머뭇거렸다. 모용기가 다시 재촉했다.

"괜찮다니까! 빨리 업히기나 하라고!"

"그게 아니라 나도 다쳤는데."

"다쳤으니까 업히라는 거지. 멀쩡한데 내가 미쳤다고 업히라고 하겠냐?"

"아니 그게 아니라 나도 중독……."

모용기가 얼굴을 와락 구겼다.

"이 씹어 먹어도 시원찮을 자식! 내 걱정한 게 아니라 너 중독되는 게 무섭다 이거지? 같이 죽자, 이 새끼야!"

모용기가 운현을 덮쳤다. 운현이 기겁을 했다.

"이거 왜 이래! 살 사람은 살아야 할 거 아냐!"

"죽이라며? 죽여 줄 테니까 이리 와, 이 자식아!"

"그건 그냥 한 말이고! 하지 마! 하지 말라고!"

보다 못한 암영대원 중 하나가 얼굴을 구기며 앞으로 나섰다.

"이놈들! 여기가 어디라고……."

"닥쳐!"

모용기가 버럭 소리를 지르더니 바닥을 툭 찼다. 주먹만 한 돌멩이 하나가 무시무시한 속도로 쏘아졌다.

"으헉!"

화들짝 놀란 암영대원이 급히 몸을 빼려 하지만 한발 늦었다.

퍽!

머리통이 수박처럼 터져 나가며 허연 뇌수가 사방으로 비산했다.

"이것들이 주제도 모르고 돼지려고!"

투덜거리는 모용기를 보고 운현이 침을 꿀꺽 삼켰다. 모용기가 휙 하고 운현을 돌아봤다.

"업혀, 새끼야! 진짜 썰어 버리기 전에."

"으, 응."

운현이 더는 거부하지 못하고 모용기에게 다가섰다. 그러나 여전히 꺼림칙했는지, 차마 업히지는 못한 채 모용기의 어깨에 손가락만 가져다 얹었다.

"이 자식이 진짜!"

모용기가 운현의 손을 탁 하고 쳐내더니 잔상을 남기며 운현의 뒤로 돌아갔다. 그리고는 잽싸게 운현의 뒷덜미를 낚아챘다.

"뭐, 뭐 하는……."

"살아라, 자식아! 아주 오래오래 살아라! 벽에 똥칠할 때까지 오래오래 살아라, 자식아!"

그리고는 운현을 냅다 던져 버렸다.

"어, 어헉!"

운현이 숨넘어가는 소리를 했다.

모용기도 화들짝 놀랐다. 생각보다 너무 힘이 들어간 게다.

"망할!"

모용기가 바닥을 찍었다. 선 하나가 휙 그어졌다. 둘의 거리가 급격히 좁혀졌다.

그러나 모용기는 한순간 눈을 반짝였다.

"오호."

그리고는 허공에서 뚝 떨어져 내리기 시작했다.

"헉!"

암영대원 하나가 반사적으로 검을 뻗었다. 모용기가 기다렸다는 듯이 검 끝을 잡아챘다.

쩡!

"큭!"

암영대원이 비틀거리며 빈틈을 드러냈다. 그러나 모용기는 더 이상 관심이 없었다. 이미 원하던 바를 다 얻었기 때문이었다.

암영대원의 힘을 이용해 방향을 튼 모용기가 명진과 소무결에게로 훌쩍 몸을 날렸다.

운현이 당황하며 팔다리를 버둥거렸다.

"얌마! 나도 데려가라고! 나 버리지 말라고!"

그러나 이미 방향을 튼 모용기는 요원해 보였다. 운현이 눈을 질끈 감았다.

쿠당탕!

"응?"

서걱이 아니라 쿠당탕이다. 아픈 건 마찬가지였지만 검에 베인 것과는 비교가 되지 않는다.

운현이 얼른 눈을 떴다. 자신과 뒤엉킨 암영대원들이 미동도 하지 않았다. 자세히 살펴보니 끄트머리만 남기고 깊숙이 파고든 비침이 달빛을 받아 반짝거렸다. 운현의 얼굴에 화색이 돌았다. 운현이 고개를 돌리며 크게 소리쳤다.

"당소문 이 새끼! 늦었잖아!"

그러나 운현의 두 눈을 가득 채운 건 민머리의 목영이었다.

"합!"

빠르게 다가서던 목영이 주먹을 내질렀다.

픽!

"컥!"

운현을 노리던 암영대원이 피를 토하며 왔던 방향 그대로 날아갔다. 소림의 백보신권이었다.

"이놈들! 물러서지 못하겠느냐!"

목영의 외침에 접근하던 암영대원들이 멈칫하며 얼굴을 찌푸렸다.

잔뜩 내력을 실은 소림의 사자후가 암영대의 귓전을 때렸으니, 잠시지만 머리가 핑 돌며 행동에 제약이 생긴 게다.

"큭!"

"이런!"

그 틈을 탄 양소삼이 번개같이 뛰쳐나갔다.

"이런 빌어먹지도 못할 놈들을 봤나? 감히 어디서 칼질이야? 죽고 싶어! 죽고 싶냐고!"

양소삼이 연신 욕설을 토해 냈다.

정허와 이심환, 그리고 이십여 명의 철장방 제자들이 그 뒤를 받쳤다.

이심환이 크게 소리쳤다.

"모조리 죽여라!"

운현이 그제야 안도의 한숨을 토해 냈다.

"휴. 진짜 죽는 줄 알았네."

"나도 그럴 줄 알았더니 용케도 살아남았군."

당소문의 목소리에 운현이 얼굴을 찌푸렸다.

"넌 왜 이렇게 늦었어? 너 또 어디 가서 팔뚝 자랑하고 왔지? 이게 때와 장소도……."

짝!

"악! 아파! 아프다고!"

"닥쳐. 확 찢어 버리기 전에."

운현이 끙 하고 입을 다물었다. 당소문이 그제야 운현의 상처를 살피기 시작했다.

그리 얕지 않은 상처였으나, 다행히 뼈는 상하지 않았다.

"다행이다."

"다행? 다행? 네 눈에는 이게 다행으로 보여? 나 진짜 아프다고!"

고새 기가 살아난 운현이다. 당소문이 심각한 얼굴로 운현의 상처를 노려봤다.

'이걸 진짜 확 찢어 버려?'

그러나 운현에게 접근하는 가벼운 발걸음 소리에 일단 그 생각은 접어 둘 수밖에 없었다.

천영영이 운현을 내려다 봤다.

"이거 왜 이래?"

운현이 한숨을 쉬었다. 가뜩이나 아파 죽겠는데 천영영과 투닥거릴 생각을 하니까 머리가 지끈거린 게다.

"나중에 하면 안 될까? 내가 지금은 좀 아파……."

"이거 누가 그랬어?"

"응?"

운현이 슬그머니 시선을 들었다. 그러나 이내 움찔하며 시선을 피했다. 천영영이 살기를 드러냈기 때문이다.

천영영이 앙칼지게 소리쳤다.

"이거 누가 이랬냐고!"

흠칫한 운현이 저도 모르게 눈알을 또르르 굴렸다. 그 눈길을 따라간 천영영이 암영대를 확인하고는 그대로 몸을 돌렸다.

천영영이 낮은 목소리로 중얼거렸다.

"이것들이 누굴 건드려? 쟤는 나만 때릴 거라고!"

멀뚱멀뚱 쳐다보던 운현이 얼떨떨한 얼굴로 당소문을

처다봤다.

"쟤 왜 저래?"

당소문의 손길이 눈에 띄게 거칠어졌다.

"아! 아야! 아프다고!"

"넌 좀 아파도 돼."

"진짜 아프다고!"

상황이 이상하게 흘러갔다. 양노가 눈살을 찌푸렸다. 이
대로는 아무런 소득이 없기 때문이다.

"쯧! 이래서는 면이……."

고개를 절레절레 젓던 양노가 일순 눈을 반짝였다. 그래
도 체면치레는 할 수 있겠다 여긴 게다.

양노가 예고도 없이 몸을 날리려 하자, 음노가 기겁을 하
며 양노를 밀쳐냈다.

"물러서게!"

"이게 뭐 하는……!"

서걱!

소리도 없이 날아든 반월형의 검기가 음양이로의 사이를
갈라놨다. 깊숙이 파인 흙바닥을 쳐다보고는 양노가 침음
을 흘렸다.

"으음."

백운설이 반색을 했다.

"기아야!"

그러나 처참한 몰골의 모용기를 보고는 눈을 동그랗게 떴다.

"너 피! 피!"

모용기가 눈을 찡그렸다.

"시끄러우니까 입 좀 다물어. 앵앵거리는 통에 머리가 아프잖아."

"지금 그게 문제가 아니잖아! 어떡해? 너 그러다 진짜 큰일 나!"

모용기가 소무결을 쳐다봤다.

"야, 쟤 입 좀 다물게 해."

"이건 곤란한 일은 꼭 나한테만 시켜."

"확 그냥! 빨리 안 해?"

백운설이 얼굴을 찌푸렸다.

"야! 그게 지금 걱정하는 사람…… 읍! 읍!"

"이제 됐지?"

백운설의 입을 틀어막은 소무결이 모용기를 쳐다봤다. 그러나 이내 기겁을 하며 손을 뺐다.

"악! 너 이게 뭐 하는 거야? 왜 깨물고 난리야!"

"그럼 넌? 누가 내 입 틀어막으래? 죽을래?"

백운설이 눈을 가늘게 뜨며 소무결을 노려봤다.

그때 여전히 답답한 숨을 뱉어 내던 조화심이 백운설을

불렀다.

"운설아."

"예, 사부님. 저 여기 있어요."

"입 좀 다물거라."

조화심의 말에 백운설이 헙 하고 입을 다물었다.

모용기는 고개를 절레절레 젓고는 이내 음양이로는 노려
봤다.

양노가 얼굴을 붉혔다.

"이, 이놈!"

그러나 턱 하고 어깨를 짚는 음노의 손길에 더는 행동을
이어 가지 못했다.

양노가 의문이 가득한 눈으로 음노를 돌아봤다.

"왜?"

음노가 고개를 저었다.

"가세."

일순 어리둥절한 얼굴을 하던 양노는 이내 얼굴을 와락
구겼다.

"이 꼴로 그냥 가자고? 그걸 지금 말이라고 하는 겐가?"

양노는 끓어오르는 화를 주체할 수가 없는지 내력을 극
성으로 끌어올렸다. 무형의 기파가 세차게 몰아치며 흙먼
지가 피어올랐다.

그러나 음노는 눈 하나 깜빡하지 않았다.

"명령일세. 그만 가세."

그 말에 양노의 기파가 씻은 듯이 사라졌다. 허탈한 얼굴을 하던 양노가 모용기를 노려봤다.

"운도 좋은 놈."

"내가? 영감이 아니고?"

양노가 이를 갈았다. 그러나 이미 멀어진 음노를 확인하고는 어쩔 수 없다는 얼굴로 몸을 날렸다.

"젠장!"

음양이로를 필두로 살아남은 암영대가 우르르 빠져나갔다.

이심환이 이를 갈더니 쩌렁쩌렁하게 소리쳤다.

"잡아! 모조리 잡아! 다 죽여 버린다!"

그러나 양소삼이 이심환의 뒷덜미를 낚아채더니 냅다 던져 버렸다.

쿠당탕!

"어떤 새끼가!"

땅바닥을 뒹군 이심환이 이를 갈며 벌떡 일어서다가 자신을 노려보는 양소삼의 눈초리에 헙 하고 입을 닫았다.

"잡긴 뭘 잡아? 저 꼴 안 보여? 다 죽일 셈이야?"

이심환이 끙 하고 앓는 소리를 냈다. 그리고는 여전히 일어서지는 못하는 조화심에게로 다가갔다. 그래도 정신은 바로 박혔던 게다.

"괜찮으십니까?"

그러나 조화심은 이심환의 질문에 대꾸하지 못했다. 여전히 마른기침을 뱉어 내며 간간이 피를 토했다.

"쿨럭. 쿨럭."

"이, 이런."

의술에 조예가 없던 이심환이 난감한 얼굴을 했다. 그러나 다행히도 목영이 다가섰다.

"비켜 보게. 내가 좀 봄세."

목영이 비집고 들어서자 명진과 소무결이 모용기에게 향했다.

소무결이 모용기의 몰골을 보고 눈을 찌푸렸다.

"너 괜찮냐?"

군데군데 찢어진 상처가 가득한 모용기는 외상만 보면 조화심보다 더 심각해 보였다. 그러나 모용기는 고개를 저었다.

"괜찮아."

"아닌데. 안 괜찮아 보이는데."

그때 명진이 불쑥 말했다.

"중독이군."

"뭐?"

소무결이 화들짝 놀랐다. 그리고는 그제야 시커멓게 죽은피가 상처에서 스멀스멀 기어 나오는 것을 확인할 수 있었다.

"얌마, 괜찮긴 뭐가 괜찮아? 이걸 어쩌려고 그래?"

"괜찮다니까. 그보다 저거 좀 챙겨."

"응? 챙기다니 뭘?"

"뭐긴 뭐야. 육경사 말이다. 저 새끼 챙겨."

"시체는 뭐 하러?"

"시체 아냐. 아직 살아 있어."

소무결이 화들짝 놀랐다.

"저걸 산 채로 잡았어? 괴물 같은 자식. 아, 아니. 내가 이
럴 때가 아니지."

소무결이 주위를 휘휘 둘러보더니 땅바닥에 널브러진 암
영대의 검 하나를 주워 들었다.

모용기가 미간을 좁혔다.

"그건 뭐 하게?"

"죽여야 할 거 아냐? 저거 살려 둬서 어떻게 감당하라
고?"

확 짜증이 일었다. 모용기가 버럭 소리를 질렀다.

"너 이 새끼! 해약 안 찾을 거야? 연아 잘못되면 네가 책
임질 거야? 껍질을 홀라당 벗겨 버릴까 보다!"

그 순간 머리가 핑 돌았다. 모용기가 비틀거렸다. 육경사
의 독에 중독된 상태에서 과하게 내력을 쓴 부작용이 이제
야 드러난 게다.

명진이 다급한 손짓으로 모용기를 잡아챘다. 모용기가
축 늘어졌다.

　"이런."

　"얌마! 정신 좀 차려 봐! 얌마!"

23 章.

참룡
회귀록

斬龍回歸錄

23 章.

"아이고, 머리야."

모용기가 이마를 짚었다. 머리가 깨질 듯이 아파 왔기 때문이다.

그러나 모용기의 옆을 지키던 소무결은 반색을 했다.

"야! 정신이 좀 들어? 나 누군지 알겠어? 말 좀 해 봐, 인마!"

"소무결 이 자식! 흔들지 말라고! 머리 아프다고!"

그런데 소무결의 손놀림은 한층 더 격렬해졌다.

"응? 아파? 어디가 아파? 여기가 아파?"

"이 새끼! 너 일부러 그러는 거지? 죽고 싶어?"

"얘가 뭔 소리래? 어디가 아픈지 정확히 알아야 할 거 아냐? 그래야……."

퍽!

"윽! 명진, 이 자식! 왜 걷어차고 난리야!"

"닥쳐."

명진이 낮게 으르렁거리더니 이내 모용기를 쳐다봤다.

"괜찮나?"

"당연하지. 이 정도로 뭘……."

고개를 끄덕이던 모용기가 갑자기 몸을 벌떡 일으켰다.

"연아! 연아 어디 갔어?"

그러나 다시 머리를 부여잡을 수밖에 없었다. 이제는 아
픈 걸 넘어서서 골이 흔들렸기 때문이다.

"윽!"

그러나 이를 으드득 갈더니 기어이 침상에서 내려서고야
말았다.

"얌마, 그냥 누워 있어. 그 몸으로 뭘 한다고 그래."

소무결이 얼른 모용기를 막아섰다. 그러나 모용기는 소
무결의 손길을 뿌리쳤다.

"비키라고, 쫌! 확 썰어 버릴까 보다."

소무결을 거칠게 밀어낸 모용기는 빠른 걸음으로 방을
나섰다. 그리고는 얼마 떨어지지 않은 제갈연의 거처로 그
대로 돌진했다. 모용기가 제갈연의 방문을 벌컥 열어젖혔
다.

그러나 모용기를 맞이한 것은 당화기와 당소문이었다.

"왔는가?"

모용기가 얼떨결에 고개를 끄덕였다. 그러나 이내 다급한 얼굴로 당화기와 당소문 너머의 제갈연을 찾았다.

"연아는요? 연아는 좀 어때요?"

뒤늦게 나타난 명진이 음울한 눈으로 쳐다보고만 있는 사이, 소무결이 모용기를 잡아끌었다.

"일단 진정하고……."

"진정은 개뿔! 저리 안 가?"

모용기가 소무결을 거칠게 밀었다. 그러나 오히려 모용기가 비틀거렸다. 소무결이 얼른 모용기를 부축했다.

"그만 좀 하라고. 이 몸으로 뭘 어쩌려고 그래?"

"꺼지라고. 지금 그게 문제야?"

모용기가 소무결을 억지로 떼어 내고는 제갈연의 옆으로 다가섰다.

제갈연은 파리한 안색으로 여전히 정신을 차리지 못하고 있었다. 호흡이 불규칙한 게 한눈에 보기에도 위중해 보였다.

모용기가 다급한 얼굴로 당화기를 쳐다봤다.

"좀 어때요?"

"그게……."

당화기가 난감한 얼굴로 말끝을 흐렸다. 그 기색을 알아본 모용기가 휙 소리가 나도록 고개를 틀더니 소무결을 노려봤다.

"너 이 새끼! 내가 해약 챙기라고 했지? 진짜 죽고 싶어? 죽고 싶어서 환장했어?"

"챙겼어, 챙겼다고. 그러니까 네가 멀쩡하지."

"근데 얜 왜 이래? 해약도 챙겼는데 얘가 왜 이러냐고!"

"그, 그거야……."

소무결이 결국에는 시선을 피하고 말았다. 보다 못한 당화기가 대신 나섰다.

"진정 좀 하게. 내가 말하겠네."

"장로님, 얘 대체 왜 이래요? 얼른 말씀 좀 해 보세요. 얘가 왜 아직도 이러고 있어요?"

당화기가 깊게 한숨을 내쉬었다. 그리고는 어쩔 수 없다는 얼굴로 입을 떼기 시작했다.

"무결이 말대로 해약은 찾았네. 그래서 자네가 멀쩡할 수 있었던 것이고."

"그럼 연아는요? 연아한테는 해약 안 썼어요? 얘한테 먼저 썼어야 할 게 아니에요?"

"물론 이 아이에게도 썼네. 자네보다도 먼저 썼어. 워낙 상세가 엄중해서."

"근데 왜 이래요? 왜 아직도 이러고 있어요?"

당화기가 끙 하고 앓는 소리를 냈다. 낯빛이 좋지 못했다. 속이 쓰렸기 때문이다.

잠시 망설이던 당화기는 이내 다시 입을 열며 모용기의

말에 대꾸했다.

"독이 기혈에 침투했어. 그래서 해약을 먹여도 듣지가 않아. 그나마 해약이라도 먹였으니 아직 명줄을 잡고 있는 거지, 그게 아니었다면 벌써 생사를 달리했을 걸세."

모용기의 얼굴에 핏기가 가셨다. 제갈연보다 더 창백한 얼굴을 한 모용기는 일순 할 말을 잊고 말았다. 입술을 부들부들 떨며 시선을 돌린 모용기가 넋이 나간 얼굴로 제갈연을 쳐다봤다.

눈가가 붉어진 소무결이 명진을 툭툭 쳤다.

"저거 어쩌냐?"

그러나 명진이라도 별다른 도리가 있을 턱이 없었다. 명진이 깊은 한숨을 토해 냈다.

소무결이 이를 악물더니 저도 모르게 시선을 돌려 버렸다.

"제길."

모두가 침묵을 유지하는 가운데 가장 연장자인 당화기가 결국 먼저 나서며 침묵을 깼다.

당화기가 모용기를 쳐다봤다.

"내가 좀 더 알아보겠네. 자네는 일단 몸부터 추스르게."

그러나 내용이 없는 공허한 말일 뿐이다.

어느새 붉어진 눈으로 제갈연을 하염없이 쳐다보던 모용기가 갑자기 몸을 벌떡 일으켰다.

모용기의 움직임에 소무결이 가장 먼저 반응했다.

"얌마, 또 왜 그래?"

그러나 모용기는 대꾸도 하지 않은 채 부지런히 주위를 살폈다. 그리고는 제갈연의 검을 번쩍 들어 올렸다.

"육경사 이 새끼!"

이를 갈던 모용기가 소무결을 쳐다봤다.

살기가 가득한 모용기의 눈동자에 소무결이 흠칫 몸을 떨었다.

"왜? 왜?"

"육경사 어디 있어?"

"으응?"

"그 새끼 어디 있냐고! 아직 살아 있을 거 아냐?"

"그, 그게……."

소무결이 슬며시 눈을 피했다.

챙!

모용기는 단번에 검을 뽑아 소무결의 목줄을 움켜잡았다.

"육경사 어디 있냐고! 빨리 대답 안 해? 죽고 싶어?"

목 앞에 딱 멈춘 모용기의 검을 노려보던 소무결이 한순간 얼굴을 와락 구겼다.

"이게 진짜! 그래, 찔러! 어디 한번 찔러 봐! 보자 보자 하니까 이게 못 하는 짓이 없어? 찔러! 찔러, 새끼야!"

검 끝이 부들부들 떨렸다. 검병을 쥔 손아귀에 저도 모르게 힘이 들어간 게다.

"내가 못 찌를 줄 알아? 진짜 죽고 싶어?"

"그래, 죽여! 어디 죽여 보라고! 사람이 가만히 있으니까 우습게 보이지? 이게 어디……."

그러나 명진이 소무결의 팔을 잡아챘다. 소무결이 날이 선 눈으로 명진을 노려봤다.

"너도 내가 우습게 보여? 한번 해보자는 거야?"

명진이 한숨을 쉬며 소무결을 잡아끌었다.

"그만해라."

그리고는 모용기와 시선을 맞췄다.

모용기가 명진을 노려봤다.

"너도 가로막는 거야? 같이 죽고 싶다 이거야?"

명진이 고개를 저었다. 그리고는 짧게 대꾸했다.

"호심각."

소무결이 화들짝 놀랐다.

"얌마! 그걸 왜 말해?"

그러나 모용기는 이미 문을 박차고 나섰다.

"에이 씨, 진짜! 야! 같이 가!"

소무결이 후다닥 모용기의 뒤를 따랐다.

명진은 당화기에게 가볍게 고개를 숙인 후 소무결과 마찬가지로 모용기의 뒤를 쫓았다.

당화기가 안절부절못하는 당소문에게 말했다.

"너도 가 보거라."

"하지만……."

당소문이 제갈연의 안색을 살피며 당화기의 눈치를 봤다.

당화기가 고개를 저었다.

"이 아이는 내가 지켜보마. 넌 어서 가 보거라."

"금방 다녀오겠습니다."

당화기가 말없이 고개를 끄덕였다.

육경사는 고문을 당한 흔적이 역력했다. 그럼에도 여전히 킬킬거리는 웃음을 멈추지 않았다.

내상이 있는지 연신 마른기침을 뱉어 내면서도 기괴한 웃음을 멈추지 못했다.

이심환이 질렸다는 얼굴로 육경사를 쳐다봤다.

'뭐 저런 놈이…….'

이심환만이 아니었다.

처음에는 못마땅하다는 얼굴을 하던 목영과 정허도 그랬다.

심지어 아무렇지도 않은 얼굴로 줄기차게 고문을 가하던

양소삼마저도 이제는 완연히 지친 기색이었고, 더는 어찌할 도리가 없는지 한숨만 푹푹 내쉬었다.

한동안 육경사의 킬킬거리는 웃음소리와 간헐적으로 내뱉는 마른기침 소리만 들려오던 호심각의 정원이 모용기의 등장과 함께 다시 소란스러워지기 시작했다.

"육경사 이 새끼!"

"얌마! 일단 진정 좀 하고."

그러나 모용기는 소무결의 말을 들은 체도 하지 않고 그대로 몸을 날렸다.

퍽!

"큭!"

쿠당탕!

모용기의 발길질에 가슴을 얻어맞은 육경사가 의자에 묶인 자세 그대로 바닥을 굴렀다.

눈살을 찌푸린 목영이 앞으로 나서려는 찰나, 툭 떨어지며 모습을 드러낸 명진이 그의 앞을 막아섰다.

"뭔가?"

명진이 씩씩거리는 모용기를 힐끗 돌아보며 말했다.

"그냥 내버려 두십시오."

"하나……"

"부탁입니다, 대사님."

명진의 간곡한 어조에 목영이 난처하다는 얼굴을 했다.

연신 손부채질을 하며 열을 식히던 양소삼이 퉁명스러운 얼굴로 명진을 도와줬다.

"거 사정을 모르는 것도 아니고, 그냥 내버려 둡시다."

"그러다 잘못되기라도 하면……."

"잘못되고 말고 할 것도 없소. 어차피 알아낼 것도 없는 놈 아니오? 그냥 내버려 둡시다. 어차피 저놈이 잡았다지 않소."

생각해 보면 맞는 말이었다.

육경사를 잡은 것은 모용기였으니, 자신이 이래라저래라 할 권리가 없었다.

그러나 여전히 못마땅하다는 생각은 쉽게 지우지를 못했다.

그런 목영의 생각을 눈치 챘는지 양소삼이 그의 팔을 잡아끌었다.

"갑시다. 가서 차라도 한 잔 마십시다. 계속 이러고 있다가는 육경사 저놈보다 우리가 먼저 목이 타서 죽을지도 모르겠소."

양소삼이 정허도 이끌었다.

"정허 장로도 함께 가십시다. 솔직히 아무리 불제자라고는 하나 여인의 몸으로 보기에 좋은 모습은 아니지 않소."

정허는 순순히 고개를 끄덕였다.

"그러지요. 대사님, 같이 가시지요."

"허허. 이것 참……."

목영이 못 이기는 척 양소삼과 정허를 따라나섰다. 그러다가 문득 이심환에게 생각이 미쳤다.

"이 시주, 시주께서는 어쩌시겠소? 함께 가지 않겠습니까?"

그러나 이심환은 고개를 저었다.

"아무래도 본 방의 일이다 보니 자리를 지켜야 할 것 같습니다."

양소삼이 고개를 끄덕였다.

"그러시게. 그럼 우리 먼저 가 보겠네."

그리고는 오래지 않아 모습을 감춰 버렸다.

거치적거리는 것이 없어지자 고삐가 풀린 모용기가 진득한 살기를 머금은 눈으로 육경사를 노려봤다.

"내놔."

육경사가 마른기침을 뱉어 내며 모용기를 노려봤다.

"쿨럭쿨럭. 이 새끼가……."

모용기는 눈 하나 깜빡하지 않으며 검을 들이밀었다.

"이 새끼고 저 새끼고 다 좋으니까 내놓으라고!"

"다 가져갔잖아. 뭘 더 내놓으라는 거야?"

"그거 말고 다른 거! 다른 거 내놓으라고!"

육경사가 눈을 반짝였다.

"오호. 해약이 듣지 않는구만. 왜? 독이 기혈에라도 침투했다던?"

"이 새끼가!"

퍽!

"컥! 쿨럭쿨럭. 우웩!"

육경사가 기어이 피를 한 사발이나 토해 냈다.

한참 후에야 간신히 호흡을 고른 육경사는 예의 그 악동 같은 미소를 머금은 얼굴로 모용기를 쳐다봤다.

"진짜 없다니까. 그리고 있다 해도 안 가르쳐 줘. 너 같으면 가르쳐 주겠냐?"

모용기가 으드득 이를 갈며 검을 뺐었고, 이내 육경사의 눈앞에서 딱 멈췄다.

"너 진짜 죽어."

"그럼 살려 주려고 했어? 마음에도 없는 말은 하지도 마. 어차피 속아 주지도 않을 거니까."

"진짜 죽는다고."

"알아, 안다고. 그래도 고 계집애도 함께일 거 아냐? 제법 반반하던데 저승에 가서 같이 놀아야지."

육경사가 연신 마른기침을 뱉어 내며 킬킬거렸다.

모용기의 눈이 싸늘하게 식었다.

"마지막이다. 더 말 안 해. 내놔."

"더 말해도 돼. 백번을 물어도 내 대답은 똑같으니까.

없······."

서걱!

육경사의 팔이 툭 떨어졌다.

"크악!"

육경사가 여전히 의자에 묶인 채 바닥을 데굴데굴 굴렀고, 그가 지나간 자리로 핏물이 쏟아지며 흔적이 고스란히 남았다.

"이런!"

이심환이 당황한 얼굴로 한 걸음 나서려는데 명진이 그의 앞을 막아섰다.

"내버려 두십시오."

"하지만······."

명진이 다시 한 번 고개를 저었다.

"내버려 두십시오. 차라리 저렇게라도 풀어진다면 다행인 겁니다."

지금 모용기는 상당히 불안정한 상태였다. 터지기 직전이라 해도 과언이 아닐 정도였고, 조금이라도 건드리면 폭발할 듯했다.

그게 자신이 감당할 수 있는 방향이면 상관없었지만, 그렇지 않을 확률이 압도적으로 높았다.

만일 모용기의 검 끝이 잘못된 방향으로 향한다면, 명진은 감당할 자신이 없었다.

그리고 그것은 소무결 역시 마찬가지였다. 어떻게든 말려 보려던 소무결이 막상 일이 벌어지자 입을 꾹 다물고 있는 것은 명진과 같은 이유였다.

"그래도 말려야 하지 않겠나? 저러다 죽이기라도 하면 어쩌려고?"

"양 장로님의 말씀대로 어차피 저 녀석이 잡은 겁니다. 죽이든 살리든 제 뜻대로 하게 내버려 두십시오."

이심환이 침을 꿀꺽 삼켰다.

"정말 저 친구가 육경사를 잡은 것이 맞나? 화산의 조 대협이 아니고?"

아무리 생각해도 말이 되지 않는다.

다른 이도 아니고 오독신군 육경사였다.

중원 전역에 이름을 날린 철면검객 조화심보다 윗줄의 고수로 이름을 날렸다.

이심환으로서는 감히 올려다보기도 힘들 정도로 높은 곳에서 내려다보는 이들이었다. 그래서 쉽게 믿어지지가 않았다.

그러나 명진은 이미 시선을 돌렸다.

모용기가 이번에는 육경사의 한쪽 다리를 잘라버린 게다.

"끄아악!"

육경사가 의자가 부서져라 몸을 펄떡거렸다. 그러나

단단한 철심목으로 만들어진 의자는 내력도 쓰지 못하는 육경사가 쉽게 부술 수 있을 만한 것이 아니었다.

육경사가 고통에 익숙해질 때쯤 모용기를 노려보며 이를 갈았다.

"이런다고 내가 말할 줄 알아? 어림도 없어, 새끼야!"

이번에는 모용기가 히죽 웃었다.

"하지 마. 안 해도 돼. 내가 말했잖아. 더 말 안 한다고."

살기가 가득한 모용기의 웃음에 육경사가 저도 모르게 몸을 움찔했다.

모용기는 계속 말을 이었다.

"이 정도 고통은 아무것도 아니지? 나도 알아. 원래 독공이란 게 그런 거잖아. 익히고 나면 위력은 강한데 익히려면 진짜 죽을 각오로 덤벼야 하는 거. 온갖 독을 다 처먹어야 하는데, 원래 독이란 게 그렇게 만만한 게 아니잖아. 그치?"

미칠 듯이 가렵기도 했고, 미칠 듯이 쓰라리기도 했다. 불구덩이 속에 던져진 느낌을 받을 때도 있고, 얼음 속에 갇혀 버린 듯한 느낌을 받을 때도 있었다.

세상에 존재하는 고통이란 고통은 죄다 경험해야 했다. 독 때문에 죽는 이보다도 그 고통을 참지 못하고 죽는 이가 훨씬 많을 정도였다.

"너 뭐야?"

육경사의 얼굴에서 처음으로 웃음기가 빠져나갔다.

세상에 알려지지 않은 비밀이었다. 밝혀지면 제자를 받을 수가 없기 때문이다. 독공을 쓰는 문파는 죄다 명맥이 끊길 게다.

그래서 절대로 알려지지 않을 비밀이라 생각했는데, 그 비밀이 모용기의 입을 통해 튀어나온 게다.

"네가 그걸 어떻게 알아?"

"그게 중요해? 내가 뭘 할지가 궁금한 게 아니고?"

육경사가 픽 하고 웃었다.

모용기의 말대로 어지간한 고통은 쉽게 적응하기 때문이다. 팔다리가 잘리고도 여전히 웃음을 흘릴 수 있다는 것이 그 증거였다. 그래도 궁금하긴 했다.

"뭘 할 건데?"

모용기는 대꾸도 하지 않고 걸음을 옮겼다. 그리고는 절단면에 드러난 허연 뼈를 검 끝으로 쿡 찍었다.

"끄아악!"

육경사가 비명을 지르며 몸을 펄떡거렸다. 끔찍하게 아프면서도 소름이 끼치는 느낌은 온갖 고통을 다 경험한 육경사에게도 새로운 자극이었다.

"어허. 움직이지 말고."

모용기가 한 줌도 남지 않은 내력을 검 끝에 실어 육경사의 마혈을 찍었다. 펄떡거리던 육경사가 더 이상 미동도 하지 못했다.

"너! 너!"

"맞다. 혀라도 깨물면 안 되지."

아혈까지 짚어 버렸다.

육경사가 공포로 가득한 눈을 데굴데굴 굴렸다.

모용기가 버릇처럼 히죽거렸다.

"기대해도 좋아. 모조리 가루가 될 때까지 싹싹 긁어 줄 테니까."

모용기는 제가 한 말을 기어이 지키려는지 육경사의 허벅지 뼈를 박박 긁어 댔다.

줄줄 흐르던 핏물과 뭉쳐지지 않았다면 허연 뼛가루가 사방으로 비산했을 터다.

이심환과 명진은 더 두고 보지 못하겠는지 고개를 돌려 버렸고, 소무결은 그 자리에 주저앉아 다리를 달달 떨었다.

육경사는 극심한 고통으로 피눈물을 쏟아 낸 지 오래였다.

그러나 모용기는 눈 하나 깜빡하지 않는 지독한 모습을 보였다.

허벅지 뼈 하나를 몇 시진에 걸쳐 기어이 가루로 만들어 버린 모용기는 그제야 육경사의 아혈을 풀어 줬다.

가장 높은 곳에 떴던 태양은 이미 서산을 넘어가고 있었다.

"어때? 참을 만해?"

"쿨럭. 쿨럭. 너, 너…… 이, 이 자식……."

마른기침을 토해 내는 육경사의 목소리가 쩍쩍 갈라졌다. 희미하게 떠진 눈에서는 이미 생기를 찾아볼 수가 없었다.

그러나 모용기는 히죽 웃을 따름이다. 모용기의 미소는 육경사가 보여 줬던 악동 같은 미소와 어딘가 닮아 있었다.

"마지막으로 딱 한 번만 물어볼게. 있어? 없어?"

"어, 없…… 쿨럭. 쿨럭."

"이 자식이 끝까지!"

모용기가 이를 으드득 갈았다.

"이제 필요 없어. 어디 한번 끝까지 가 보자."

"자, 잠깐……."

모용기가 더 들을 것도 없다는 듯이 아혈을 콕 찍었다. 육경사의 눈빛이 절망으로 젖어들었다.

멍청한 얼굴로 쳐다보던 소무결이 화들짝 놀라며 달려왔다.

"잠깐만! 잠시만 기다려 봐!"

모용기가 뚱한 얼굴로 시선을 돌렸다.

"왜?"

소무결이 거친 숨결을 몰아쉬며 대꾸했다.

"헉. 헉. 잠깐만. 숨 좀 돌리고."

"뭘 했다고 숨을 돌려? 빨리 말해. 나 바빠."

모용기가 천연덕스럽게 대꾸했다. 그게 더 미친놈처럼 느껴졌다.

소무결이 질렸다는 얼굴로 입을 뗐다.

"이 미친놈아, 내가 살다 살다 피눈물 흘리는 걸 보는 건 난생처음이다. 이게 사람이 할 짓이냐?"

"이 정도 가지고 뭘. 더한 짓도 할 수 있는데. 궁금하지 않아? 얼마든지 보여 줄 수 있는데."

"됐거든! 그딴 거 안 궁금하다고!"

소무결이 기겁하며 소리치자 모용기가 픽 웃었다.

"그러니까 용건이나 말해. 나 진짜 바빠."

소무결이 끙 하고 앓는 소리를 냈다. 그리고는 처참한 몰골의 육경사를 쳐다보지도 못하고 입을 뗐다.

"아혈 풀어."

"뭐?"

"아혈 풀라고. 무슨 말을 하려는지 들어는 봐야 할 거 아냐."

"필요 없다니까."

"이게 진짜! 너 연아 안 살릴 거야? 연아 때문에 이 짓 하는 거 아니었어? 그게 아니면 뭐 때문에 이딴 짓 하는 건데? 너 변태야? 변태냐고!"

모용기가 얼굴을 찡그렸다.

"젠장."

그러나 여전히 마음에 들지 않는다는 얼굴로 육경사를 힐끔 쳐다보며 한참이나 망설였다.

소무결은 여전히 육경사를 쳐다보지도 못한 채 모용기를 재촉했다.

"얼른 풀어. 연아 살려야 할 거 아냐."

모용기가 쯧 하고 혀를 찼다.

"에이 씨."

그리고는 어쩔 수 없다는 얼굴로 육경사의 아혈을 풀어 줬다.

육경사가 참아 왔던 마른기침을 토해 냈다.

"쿨럭. 쿨럭……."

그 기침이 잦아들 때쯤 모용기가 소름 끼치도록 싸늘한 목소리로 말했다.

"말해. 하고 싶은 말이 뭐야?"

모용기가 육경사와 시선을 맞췄다. 그런데 회색으로 칙칙하게 물들었던 육경사의 두 눈에 서서히 생기가 돌아오기 시작했다.

'회광반조.'

모용기가 와락 얼굴을 구겼다.

"망할."

아직 하고픈 일이 많았다. 벌써 죽으려고 하니까 짜증이 난 게다.

모용기가 코딱지만큼 남은 내력이라도 불어넣을까 고민을 하는데 육경사가 먼저 입을 뗐다.

육경사의 목소리는 모용기와 처음 마주했을 때처럼 활기가 있었다.

"하나만 물어보자."

"뭔데?"

"내가 아무리 생각해도 이상해서 그래. 아무리 생각해도 내가 질 것 같지가 않았거든. 어떻게 날 이긴 거야?"

"뭐야? 겨우 그딴 걸 물어보는 거야?"

"아무리 생각해도 이해가 되지 않더라고. 내가 궁금한 건 또 못 참거든."

모용기가 눈살을 찌푸렸다. 그러나 무슨 생각이 들었는지 이내 헤실거리며 입을 열었다.

"내가 말해 주면 영감도 말해 줄래?"

"누구보고 영감이래? 나 아직 청춘이거든."

"반백이 다 돼서 청춘은 개뿔. 묻는 말에나 대답해. 영감도 말해 줄 거야?"

"사실만 말할게. 이건 진심이야."

픽 웃음을 보이는 육경사를 물끄러미 내려다보던 모용기는 결국 고개를 끄덕일 수밖에 없었다.

"좋아. 근데 내가 그때 말했잖아. 나도 죽을 거라고."

"어? 어?"

육경사가 눈을 동그랗게 떴다.

"그…… 뭐더라? 맞다. 사즉생 생즉사. 너도 그런 거야?"

"사즉생 생즉사는 개뿔. 그딴 건 군문에서나 찾으라고 해."

"그게 아냐? 그럼 뭐야?"

"뭐긴 뭐야? 내 말 그대로야. 진짜 죽기로 했다고."

"그게 뭔 말이야, 대체?"

육경사는 모용기의 말을 이해하지 못했다. 회귀 전의 모용기가 겪었던 경험이 고스란히 담긴 말이었기 때문이다.

죽을 각오로 싸운 게 아니라 진짜 죽기 위해 싸웠던 게다. 이해하지 못하는 것이 당연했다.

"쓸데없는 고민할 필요 없어. 영감은 죽어도 못 알아들을 테니까. 그보다 이제 말해 봐. 연아 고칠 약 어디 있어?"

얼굴을 찌푸리던 육경사가 문득 눈을 또르르 굴리며 모용기를 쳐다봤다.

"내가 거짓말하면 어쩌려고 그래?"

모용기가 눈을 부라렸다.

"하기만 해. 진짜 죽지도 살지도 못하게 해 줄 테니까."

"안 해. 안 해. 이건 너무 아파."

"그럼 빨리 말해. 더 안 아프게 해 줄 테니까."

육경사가 픽 하고 웃었다. 그리고는 생애 마지막 목소리를 냈다.

"진짜 없어."

그 말을 끝으로 육경사가 눈을 감았다.

강호에서 이름을 드높인 독공의 고수치고는 초라한 퇴장이었다.

그러나 모용기는 여전히 믿을 수 없다는 얼굴로 몸을 부들부들 떨었다. 아직 원하는 대답을 듣지 못했기 때문이다. 모용기의 눈이 완전히 돌아갔다.

"일어나."

모용기가 육경사의 한쪽 남은 다리를 툭툭 걷어찼다. 그러나 이미 명을 다한 육경사는 어떠한 움직임도 보이지 못했다. 그저 모용기가 걷어차는 대로 몸이 들썩일 뿐이다.

"일어나라고!"

모용기가 버럭 소리를 지르더니 검을 뽑었다.

푹!

아랫배를 찔린 육경사의 시체가 꿈틀거렸다. 그러나 더 이상 쏟아 낼 피가 많이 남지 않았던 것인지 고작 모용기의 발목 어름에 핏물을 튀길 뿐이었다.

"일어나라고, 이 새끼야!"

모용기가 육경사의 시체를 난도질했다. 그 짓을 몇 번 하고 나자 튀어 오르던 핏물이 확연하게 줄어들었고, 이제는 몇 방울 튀기는 게 고작이었다.

그러고도 육경사의 반응이 없자 모용기가 검을 아무렇게나 내던졌다.

쩽그랑!

그리고는 육경사의 멱살을 움켜잡았다. 축 늘어진 육경사의 시신이 힘없이 딸려왔다.

"눈 떠! 눈 뜨라고! 나 미치는 꼴 보고 싶어? 진짜 보고 싶어서 그래?"

그러나 육경사의 시신은 모용기가 이끄는 대로 이리저리 흔들릴 뿐이다.

"진짜 보고 싶다 이거지? 진짜 한다? 진짜 한다고! 진짜 한다니까? 에이 씨!"

모용기가 육경사의 목덜미를 와락 물어뜯었다.

와그작!

허연 뼈가 드러날 정도로 살덩이가 뭉텅이째 뜯겨 나왔다.

기가 찼던 것인지 한동안 눈만 깜빡거리던 소무결이 뒤늦게 모용기를 뜯어말렸다.

"이게 뭐 하는 짓이야? 너 미쳤어? 너 미쳤냐고? 그만두지 못해!"

"퉤!"

입 안을 가득 채운 육경사의 살점을 뱉어 낸 모용기가 소무결을 돌아봤다.

"이 새끼 깨워야 할 거 아냐? 이 새끼 깨워서 연아 살릴 방법 알아내야 할 거 아냐? 너도 쳐다보지만 말고 이 새끼 좀 깨워 봐."

"그러게 왜 그딴 짓을 하고 지랄이야? 말릴 땐 들은 척도 하지 않더니 이게 뭐야? 이게 뭐냐고!"

그 모습을 물끄러미 지켜보던 이심환은 차라리 눈을 감아 버렸다. 더 이상 지켜볼 자신이 없었던 게다.

'우리 철장방의 일만 아니었다면 용봉관에서 웃고 떠들 나이인 것을.'

속이 쓰렸다. 죄책감이 느껴졌다.

이심환이 억지로 고개를 들어 저도 모르게 흐르려는 눈물을 참아 내는데, 여태껏 미동도 하지 않던 명진이 조용히 걸음을 옮겼다.

그리고는 아직도 소무결을 붙잡고 매달려 있던 모용기의 목덜미를 후려쳤다.

퍽!

털썩!

"어? 명진, 너 이 새끼!"

소무결의 눈동자에 불길이 일었다.

"너도 정신 나갔냐? 지금 뭐 하는 거야?"

그러나 명진은 담담한 얼굴로 대꾸했다.

"기아 발악하면 못 데려간다."

고작 반갑자의 내력으로 윤충을 이긴 모용기였다.

아무리 몸 상태가 엉망이라도 검을 들고 덤비면 감당할 자신이 없었다.

"그렇다고 얘를 때리면 어쩌자는 거야? 가뜩이나 제정신이 아닌데."

"그럼 어떻게 하자는 거지? 이대로 탈진하도록 내버려 두자는 건가? 아니면 폭주하는 것 구경이라도 하겠다는 건가?"

소무결의 눈동자가 아연해졌다. 명진은 그런 소무결을 내버려 둔 채 모용기를 안아 들었다. 그리고는 채 몇 걸음 옮기기도 전에 문득 걸음을 멈추더니 시선을 돌렸다.

"나와."

명진의 목소리에 커다란 나무 뒤에 숨어 있던 당소문이 모습을 드러냈다.

"언제부터 봤지?"

"처음부터."

당소문의 대꾸에 명진이 고개를 끄덕였다.

"뒤처리를 부탁하지."

그리고는 당소문의 대꾸도 듣지 않은 채 바쁘게 걸음을 옮겼다.

명진의 뒷모습이 사라지자 당소문이 깊은 한숨을 내쉬었다. 그리고는 여기저기 흩어진 육경사의 육편을 주섬주섬

주워 모았다.

소무결이 와락 얼굴을 구겼다.

"넌 또 뭐 하는 거야?"

당소문이 하던 일을 멈추고 소무결을 힐끔 돌아봤다.

"이거 치워야 할 거 아니냐. 이걸 이대로 내버려 두자는
건 아니겠지?"

"젠장!"

확실히 그대로 내버려 둘 수는 없을 것 같았다. 육경사의
시신은 처참하다는 말로도 표현이 안 될 정도였다.

이대로 내버려 두면 모용기가 마두로 몰릴지도 모를 일
이었다.

그러나 소무결은 그 자리에 주저앉아 버렸다.

"난 몰라. 난 모른다고!"

눈살을 찌푸리던 당소문이 결국 고개를 젓고 말았다.

자신도 속이 쓰린데 자신보다 더 오랜 시간을 웃고 떠든
소무결은 속이 말이 아닐 게다.

결국 자신이 조금 더 움직이기로 마음을 먹은 당소문이
걸음을 옮기다가 문득 떠오른 생각에 이심환을 돌아봤다.

당소문과 눈길이 마주친 이심환이 고개를 내저었다.

"난 아무것도 못 봤네."

"그거야 뭐……."

이심환의 눈에 의아함이 새겨졌다.

"그것 말고 다른 게 있나?"

당소문이 어깨를 들썩였다.

"불이라도 좀 지펴 주시죠. 할 일이 많은데."

이심환이 끙 하고 앓는 소리를 냈다.

의식을 차린 모용기는 제갈연의 거처에서 한 발자국도 움직이지 않았다. 먹지도 않고 잠도 자지 않았다. 하루 종일 멍한 얼굴로 제갈연을 내려다보는 게 전부였다.

그렇게 벌써 칠주야가 흘렀다.

운현이 자신의 방으로 들어서는 소무결을 보고는 급하게 입을 열었다.

"기아는 어때? 뭐 좀 먹었어?"

"미치겠다, 진짜. 이러다가 연아보다 기아가 먼저 일 치르게 생겼어."

운현이 머리를 쥐어뜯었다.

"젠장. 이럴 줄 알았으면 연아는 떼어 놓고 움직이는 건데."

"누가 그럴 줄 알았겠냐? 기아 그 자식이 조 대협이랑 그딴 데 쳐들어갈 줄 누가 상상이라도 했겠어?"

"그거야 뭐……."

"됐어. 신경 꺼. 저러다 배고프면 기어 나오겠지."

말은 저렇게 해도 모용기를 가장 챙기는 게 소무결이다. 그나마 모용기가 아직 버티고 있는 것은 소무결이 억지로 물이라도 떠먹인 덕분이었다.

그래서 운현은 소무결을 타박하지 않았다. 이 중에 가장 속이 쓰린 이가 소무결이란 것을 운현도 잘 알기 때문이다.

"그보다 넌 좀 어때? 이제 좀 살 만해?"

소무결의 질문에 운현이 자신의 가슴에 난 상처를 쓰다듬었다.

"이쯤이야 뭐. 괜찮아. 진즉에 다 나았어."

그러나 천영영은 전혀 동의하지 않는다는 얼굴이다.

"다 낫기는 무슨. 아직 제대로 움직이지도 못하는 주제에."

천영영의 말대로 운현은 아직 거동이 불편했다. 상처가 다 아물지 않은 탓에 조금만 움직여도 땀을 비 오듯 흘렸다.

"다 나았어. 다 나았다고. 내가 다 나았다는데 네가 왜 그래?"

"그래? 그럼 나랑 비무 한번 해 볼까? 진짜 다 나았는지 한번 보게."

운현이 움찔하며 입을 다물었다. 아무리 그래도 아직 비무는 엄두가 나지 않았던 탓이다.

소무결이 쯧 하고 혀를 찼다.

"어째 한동안 잠잠하다 했더니, 또 시작이냐? 너희는 왜 만나기만 하면 싸워? 전생에 무슨 원수라도 졌냐?"

말을 하며 얼굴을 찌푸리던 소무결이 갑자기 고개를 갸웃거렸다.

"그러고 보니…… 그런 주제에 잘도 붙어 있네. 운현이 돌보는 게 영영이 너 맞지?"

운현과 천영영 두 사람이 동시에 움찔하더니, 이내 천영영이 빽 소리를 지른다.

"아니거든!"

"에이 씨. 아니면 아니지, 왜 소리를 질러? 귀 따갑게."

"그거야…… 네가 말도 안 되는 소리를 하니까……."

"말이 안 될 건 또 뭐야? 친구끼리 좀 돌봐 주는 게 어떻다고."

소무결의 말에 서로 얼굴도 마주치지 못하는 운현과 천영영을 보며 당소문이 픽 하고 웃었다.

소무결이 당소문을 쳐다봤다.

"넌 왜 웃어?"

운현과 천영영이 슬그머니 고개를 들더니 당소문의 눈치를 봤다. 당소문은 여전히 빙글거리는 얼굴로 고개를 저었다.

"넌 알 거 없어."

"너도 기아 자식 닮아 가냐? 어째 죄다 비밀이야?"

그러나 당소문은 여전히 고개를 저을 뿐이다. 얼굴을 찌푸리던 소무결은 이내 다른 용건을 꺼내 들었다.

"조 대협은 좀 어떻대? 거긴 가기가 영 껄끄러워서."

소무결만이 아니다. 죄다 그렇다. 정무맹의 장로들마저 그러니 알아볼 방법이 없었다.

조화심의 정보를 접하려면 백운설과 친하게 지내는 천영영이 유일한 통로였다.

"자세한 건 운설이가 말을 피해서 나도 잘 모르겠는데, 조 대협도 많이 불편한가 보더라. 거처 밖으로 나오는 걸 본 적이 없어."

운현이 고개를 주억거렸다.

"그럴 만도 하지. 알아보니까 그 늙은이들이 음양이로였다던데, 그걸 조 대협 혼자서 상대했잖아. 그러고도 멀쩡하면 오히려 그게 비정상이지."

"그래도 비정상이 뭐야, 비정상이? 그럼 기아는 정상이 아닌 거야? 소문이 말로는 음양이로에 오독신군까지 죄다 엮였던데."

"몰랐냐? 네가 보기엔 걔가 정상적인 구석이 있어 보여? 하나부터 열까지 죄다 이상한 것뿐이구만."

묘하게 설득력이 있었다. 그러나 천영영은 냉큼 고개를 저으며 화제를 돌렸다.

"근데 이제 어쩌지? 이제 석 달만 지나면 결시 치러야 하는데 기아랑 연아가 저 모양이라서……."

"야, 지금 결시가 문제야? 지금 연아가 죽네 사네 하는 마당에 그깟 결시가 문제냐고! 넌 애가 왜 그렇게 이기적이야?"

운현의 타박에 천영영이 눈썹을 상큼하게 치켜떴다.

"내가 뭐 못 할 말이라도 했어? 사문에는 뭐라고 말할 거야? 넌 걱정도 안 돼?"

"이게 진짜! 그걸 지금 말이라고……."

운현과 천영영이 또다시 투닥거리려 하는 모습에, 소무결이 머리가 아픈지 관자놀이를 꾹꾹 누르며 입을 열었다.

"또! 또! 그만 좀 하라고! 운현이 네 말대로 연아가 죽네 사네 하는 마당에 그러고 싶어?"

운현과 천영영이 움찔하며 입을 다물었다. 이래서는 오늘도 소모적인 논쟁이 다라는 생각에 한숨을 푹 내쉰 당소문이 자리에서 일어섰다.

"넌 또 왜?"

소무결의 말에 당소문이 힐끗 돌아봤다.

"피곤하다. 나 먼저 간다."

그리고는 말도 붙이지 못하게 바쁜 걸음을 옮겼다. 운현이 눈살을 찌푸렸다.

"인정머리 없는 자식."

그러나 천영영은 고개를 저었다.

"내버려 둬. 저래도 연아 옆에 제일 오래 붙어 있는 게 기아 빼고는 저 녀석이잖아. 쟤가 인정머리 없는 거면 명진이는 냉혈한이냐?"

이번에는 소무결이 천영영의 의견에 반대했다.

"걔도 지금 제정신이 아니라서 그래. 괜히 들쑤시지 마."

"그래도 기아랑 연아가 저러고 있는데 하루 종일 검만 휘두른다는 건 좀……."

"그거라도 하면서 참는 거야. 그 자존심 강한 놈이 제 눈앞에서 연아가 그 꼴이 됐는데 속이 편하겠냐? 아마 부글부글할걸?"

"그건 좀 비약 아냐? 너희들이 어떻게 손쓸 방법도 없었다며?"

"그 자식한테는 그게 중요한 게 아니야. 자기가 그 자리에 있었냐 없었냐가 중요한 거지. 몇 달이나 그 자식을 겪어 놓고도 그렇게 모르냐?"

소무결에 말에 천영영이 입을 다물었다. 확실히 명진은 그런 녀석이었다.

천영영이 입을 다물자 운현이 소무결을 쳐다봤다.

"이제 어쩌지? 좋은 방법 없어?"

"그걸 왜 나한테 물어? 장로님들도 손도 못 쓰고 있는데."

얼굴을 맞댄 셋은 한숨만 푹푹 내쉬었다.

당소문의 예상대로 오늘도 공염불이었다.

운현의 방을 나선 당소문은 곧장 제갈연의 거처로 향했다.

하지만 정작 제갈연의 방문을 열지 못하고 밖에서 서성거리던 당소문은 결국 질끈 입술을 깨물고는 곧장 당화기를 찾아갔다.

늦은 시간에 당소문을 맞이한 당화기가 의문을 드러냈다.

"이 시간에 네가 어쩐 일이더냐?"

이미 마음을 정했지만 막상 당화기를 마주하니 입이 쉽게 떨어지지 않았다. 한참을 망설이는 당소문을 당화기는 묵묵히 기다려 줬다.

그런 그의 기다림이 효과가 있었는지, 당소문이 결국에는 당화기를 똑바로 쳐다봤다. 그리고는 이내 제 속을 드러냈다.

"그것이 필요합니다."

"응? 그것이라니 뭘 말하는 게냐?"

의문이 가득한 당화기의 시선에 당소문은 망설이는 얼굴을 했다. 마음을 먹고 왔지만 말을 막상 말을 꺼내려니 어려웠던 게다. 그러나 이미 내친걸음이었다. 입술을 질끈 깨문 당소문이 원하는 바를 드러냈다.

"제독단입니다."

"뭐, 뭐? 제독단?"

당화기가 일순 당황하는 얼굴을 했다. 그러나 당소문의 두 눈은 더 이상 흔들리지 않았다.

"그렇습니다. 제독단을 주십시오."

당화기가 당소문을 쏘아봤다. 그리고는 탐색하는 눈으로 당소문을 쳐다보더니 불쑥 말을 꺼냈다.

"왜냐?"

"제갈 소저에게 주려 합니다."

당화기가 고개를 저었다.

"그건 안다. 그것 말고는 네가 제독단을 원할 이유가 없으니까."

"그럼……."

"그 아이에게 주려는 이유를 말해라. 들어 보고 결정하겠다."

당소문은 난감하다는 얼굴을 했다. 딱히 이유랄 것도 없었기 때문이다.

"그냥 주고 싶어서……."

당화기가 어이가 없다는 얼굴을 했다.

"그게 다인 것이냐?"

"……예."

"그게 어떤 물건인지는 잘 알고 있겠지?"

"예."

"그런데도 주겠다고?"

"그렇습니다."

"다른 이유도 아니고 그냥 주고 싶어서?"

"예."

"허허. 이것 참……."

당화기는 여전히 납득이 가지 않는다는 얼굴이었다. 제 독단을 내주는 것이 결코 쉬운 문제가 아니었기 때문이다.

그래서 다시 질문했다.

"그게 없으면 너나 내가 죽을 수도 있음에도?"

"지금 만들고 있다고 알고 있습니다."

"이제 만들기 시작한 거다. 아무리 빨리 완성한다 해도 사 년 후다."

"무슨 일이야 있겠습니까?"

"이 녀석아, 그게 독을 만지는 사람이 할 말이더냐? 언제 무슨 일을 당할지 어떻게 알고?"

이번에는 당소문도 쉽게 대꾸하지 못했다. 당화기의 말이 틀린 말은 아니었기 때문이다.

그래서 가만히 입을 다물고 있는데 당화기가 쯧 하고 혀를 차더니 다시 말했다.

"꼭 주고 싶은 게냐?"

"예."

"그렇게 살리고 싶은 게야?"

"그렇습니다."

"별다른 이유도 없이 그렇단 말이지?"

"예."

당화기가 눈살을 찌푸렸다. 그리고는 버릇처럼 탁자를 톡톡 두드렸다. 그러나 오래지 않아 결론이 났는지 깊은 한숨을 내쉬며 말했다.

"가서 모용기를 데려오너라."

"살릴 수 있습니까?"

당소문의 얼굴에서 희망이 엿보였다. 그러나 당화기는 다시 고개를 저었다.

"그렇게 기대하지 말거라. 제독단을 쓴다 하더라도 고작 반년이다. 그건 너도 알고 있지 않느냐?"

"그, 그럼……."

"일단 시간을 벌고 다른 수를 써야지."

"다른 수가 있습니까?"

"있다."

"그게 뭡니까?"

"넌 알 것 없다."

당화기가 고개를 저었다. 그래서 당소문은 다른 질문을 했다.

"그 수를 쓰면 제갈 소저가 살아날 수 있겠습니까?"

"성공하면 살아날 수도 있겠지. 그러나 어렵다. 아주 어려운 일이지. 백이 덤비면 백이 실패하고, 천이 덤벼도 천이 실패할 것이다. 만이 덤비면…… 하나쯤은 성공할지도 모르겠다."

당소문의 얼굴에 드러났던 기이한 열기가 싸늘하게 식어버렸다. 그래도 포기하자는 말을 하지는 않는다.

당소문이 자리에서 일어섰다.

"그 녀석을 데려오겠습니다."

참룡
회귀록

斬龍回歸錄

참룡
회귀록

斬龍
回歸

24章.

　　당소문의 말을 전해 들은 모용기가 헐레벌떡 뛰어 들어
왔다. 거친 숨결에서 다급함이 고스란히 전해졌다.

　　"일단 물 좀 마시고 숨 좀 돌리게."

　　"괜찮습니다. 그보다 연아가 살아날 수 있다고 하셨습니
까?"

　　"왜 뒷말은 빼먹느냐? 쉽지 않은 일이다."

　　"상관없습니다. 방법만 있으면 됩니다. 살릴 겁니다."

　　말을 하는 모용기의 얼굴에서 모처럼 생기가 돌았다. 그
러나 여전히 심사가 어지러웠던 당화기는 쯧 하고 혀를 차
며 말했다.

　　"정말 어려운 일이다."

"상관없다고 했습니다."

"빈말이 아니다. 아주 어렵다. 자칫하면 네 가문에까지 화가 미칠지도 모른다."

"그런 일은 없을 겁니다."

모용기가 단호하게 대꾸했다.

난감한 얼굴을 하던 당화기가 후 하며 한숨을 내쉬더니 품속에서 작은 목갑 하나를 꺼내 들었다.

"이게 뭡니까?"

"제독단이라고 들어 봤느냐?"

모용기가 고개를 저었다.

제독단은 당가에서도 비전 중의 비전으로, 당가의 직계들이나 그 존재를 알 수 있을 정도였기 때문이다.

강호에 모습을 드러낸 적조차 없는 제독단을 모용기가 들어 본 적이 있을 리가 만무했다.

"독이다."

"예?"

모용기가 눈을 동그랗게 떴다. 그러나 이내 짚이는 것이 있었다.

"이독제독!"

당화기가 고개를 끄덕이며 말을 덧붙였다.

"반년이다."

"예?"

"이걸로 그 아이의 숨을 붙여 놓을 수 있는 기간이 반년이란 말이다."

독으로 독을 제압하려면 어지간한 독으로는 불가능했다. 맹독이 필요했다.

그리고 제독단은 맹독이었다. 그것도 멀쩡한 사람을 한 줌 혈수로 녹여 버릴 정도의 맹독. 당연히 다스리는 것이 까다롭다. 아니, 까다롭다는 걸 넘어서서 당가의 혈족이 아니면 불가능한 수준이었다.

만일 제독단을 다스리지 못하면, 육경사의 독이 아니라 제독단이 제갈연의 생명을 갉아먹을 터다.

그러나 사정을 모르는 모용기는 입술을 꼭 깨물며 당화기를 노려봤다.

"분명 살릴 방법이 있다 들었습니다. 저를 놀리시는 겁니까?"

"아무리 성격이 고약해도 이런 일로 누군가를 놀리는 사람은 없다. 아, 육경사라면 그랬을지도 모르겠군."

"그럼?"

모용기의 반문에 당화기가 목소리를 낮췄다.

"괴의라고 들어 봤느냐?"

당연히 들어 봤다. 강호인치고 괴의의 존재를 모르는 사람은 없을 테니까.

모용기의 얼굴이 급해졌다.

"괴의를 알고 계십니까? 그는 어……."

"목소리를 낮추거라."

그 말에 모용기가 움찔하자, 당화기가 한결 진지한 얼굴로 말을 이었다.

"너도 알겠지만 괴의는 정무맹의 공적으로 낙인찍힌 자다. 만일 그런 그에게 네가 접촉했다는 사실이 알려지면 상당히 곤란한 상황에 처할 게다."

모용기는 그제야 당화기가 자신의 가문을 들먹인 이유를 알아챌 수 있었다. 그러나 지레 겁을 먹을 이유는 없었다. 안 들키면 되니까.

그러나 모용기도 조금은 진지해진 얼굴로 목소리를 낮췄다.

"그의 행적을 아십니까?"

"모른다. 하지만 그의 행적을 알고 있는 자가 있다."

모용기의 얼굴에 희망이 생겼다.

"그가 누구입니까?"

그러나 당화기는 쉽게 대꾸하지 못했다.

얼굴을 찌푸리며 머뭇거리는 그를 향해 모용기가 다시 질문했다.

"누구입니까?"

당화기는 모용기와 한동안 시선을 맞추더니, 결국에는 쓰게 웃으며 대꾸했다.

"패천성주."

그 말을 마지막으로 당화기와 모용기는 동시에 입을 다물었다.

그러나 둘의 침묵은 의미가 달랐다.

당화기가 패천성주에 대한 본능적인 거부감으로 입을 다문 것인 반면에 모용기는 이 일을 어떻게 해결할까 생각에 잠긴 것이다.

'하필 패천성주가…….'

확실히 쉽지 않아 보였다. 패천성주는 고사하고 패천성의 문턱을 넘어서는 것부터가 어려웠기 때문이다.

'무한의 도움도 기대하기 어렵고.'

회귀 전의 철무한이었다면 쉽게 해결될 일이었다. 그러나 아무것도 모르는 지금의 철무한은 남보다도 못할 확률이 높았다.

'이럴 때 연아가 있었다면…….'

회귀 전의 제갈연이 그리웠다. 그 시절의 그녀라면 어떻게든 방법을 찾아냈을 터였다.

그러나 모용기는 이내 고개를 저으며 입을 앙다물었다.

'다시 돌려놓으면 돼.'

모용기가 당화기를 쳐다봤다. 그리고는 자리에서 벌떡 일어서더니 정중하게 예를 갖췄다.

"당 장로님의 호의에 깊은 감사를 표합니다."

당화기가 고개를 저었다.

"그럴 것 없다. 이건 빚이다."

"압니다. 그렇다 해도 감사한 것은 마찬가지입니다. 장로님께서 베푸신 은혜는 반드시……."

그러나 당화기는 이번에도 고개를 저었다.

"내가 아니다. 소문이 그 녀석이 나선 일이다."

모용기가 입을 다물었다. 뭉클한 감정이 목구멍을 틀어막은 탓이다.

모용기가 잠시 후 입을 열었다.

"마음껏 가져다 쓰십시오. 소문이뿐만 아니라 당가도 마찬가지입니다. 당가의 일로 무슨 일을 당하더라도 원망하지 않겠습니다."

진심이었다.

회귀 전에도 그랬고 회귀 후에도 마찬가지다. 당소문에게 받은 것이 너무 많았다. 모용소의 일로 당가에 가졌던 서운함은 이 순간 눈 녹듯이 사그라들었다.

당화기가 고개를 끄덕였다.

"그러려면 살아서 돌아와야겠지?"

그 말에 히죽 웃어 보이는 모용기.

제갈연이 쓰러진 뒤 처음으로 보인 웃음이었다.

그러나 모용기는 고개를 저으며 말했다.

"가서 죽을 생각입니다."

❖ ❖ ❖

누구도 들이지 말 것을 신신당부한 당화기가 제갈연의 거처로 들어갔다.

아직 거동이 불편한 조화심과 그를 돌보는 백운설을 제외하고, 승룡반의 아이들과 장로들이 번갈아 가며 제갈연의 거처를 지켰다. 그것으로도 부족해서 철장방의 무사들이 사각을 메웠다.

번을 서는 무사들을 독려하러 나온 이심환은 초조한 얼굴로 제갈연의 거처 앞을 배회하는 모용기를 발견하고는 이내 걸음을 옮겨 그에게 다가갔다.

"자네 좀 괜찮은가?"

말을 건네는 이심환의 얼굴에 걱정이 담겼다. 그도 그럴 것이 지금 모용기의 모습은 초췌하다는 말로도 부족했기 때문이다.

그러나 모용기는 고개를 저을 뿐이다.

"괜찮습니다."

"그러지 말고 좀 쉬는 게 어떻겠나? 듣자하니 먹지도 자지도 않는다 하던데, 이러다가 자네가 먼저 일을 치르겠네. 면경을 보면 알겠지만 지금 자네 얼굴은 말이 아니야."

다시 고개를 저으려던 모용기는 무슨 생각이 들었는지 갑자기 이심환을 돌아봤다.

'그러고 보니…… 이 아저씨 일도 해결해야 하는데.'

그들이 일단 물러났지만, 이게 끝이 아니란 걸 안다. 상처를 입은 그들은 노골적으로 철장방을 노리기 시작할 것이고, 철장방으로선 막아 낼 방법이 없었다.

그러나 모용기의 복잡한 심사를 알 리 없던 이심환은 고개를 갸웃거릴 뿐이다.

"응? 왜 그렇게 쳐다보나? 내 얼굴에 뭐라도 묻었나?"

"아닙니다. 잠깐 다른 생각이 나서……."

"허허, 이 친구. 이제 여유가 좀 생긴 건가? 하긴, 당 장로님께서 직접 나서신 일이 아닌가? 좋은 결과가 있을 걸세."

"그럴 겁니다."

"그보다…… 어쩌다 보니 인사가 늦었군. 이번 일은 정말 고맙네."

일의 전후를 면밀히 살핀 이심환이었다.

그리고 내린 결론은 단 한 가지.

모용기가 아니었다면, 철장방은 크게 화를 입었을 것이라는 것이다.

그래서 모용기에게 고마움을 전한 게다.

"운이 좋았습니다. 그러지 않으셔도 됩니다."

"그런 말로 감출 것 없네. 내 이미 다 알아봤어. 자네가 그들을 알아보고 잡아낸 것 아닌가? 그게 아니었다면 우리 철장방은 큰 화를 입었을 게야. 내 이 은혜는 절대로 잊지 않겠네. 아니지. 나뿐만 아니라 우리 철장방 전체가 그럴 걸세. 필요한 것이 있으면 언제든지 말만 하게. 그게 뭐라도 다 들어주겠네."

모용기 자신이 당화기에게 했던 말과 똑같았다. 픽 하고 웃음을 흘리며 고개를 저으려던 모용기는 문득 무슨 생각이 들었는지 이심환을 똑바로 쳐다봤다.

"정말입니까?"

"응? 무엇이 말인가?"

"제 말이라면 무엇이든 다 들어주겠다고 하신 말, 정말이냐고요."

그럴 생각이었다. 그런데 정색하며 확답을 요구하는 모용기의 얼굴을 보자 괜히 찜찜한 감정이 들었다.

그러나 이미 내뱉은 말이었다. 쏟아진 물은 주워 담을 방법은 없다.

이심환이 떨떠름한 얼굴로 고개를 끄덕였다.

"무, 물론일세."

제갈연의 눈꺼풀이 파르르 떨리는 듯싶더니 까만 눈동자가 조금씩 모습을 드러내기 시작했다.

소무결이 불쑥 얼굴을 들이밀었다.

"정신이 들어? 나 누군지 알 것 같아? 말 좀 해 봐. 나 누구야?"

"야, 좀 비켜 봐. 나부터 말 좀 하자. 내 이름 기억나? 내 이름 한번 말해 볼래?"

운현이 소무결을 밀쳐 내며 대신 제 얼굴을 들이밀었다.

천영영이 한숨을 쉬며 둘 사이에 끼어들었다.

"둘 다 저리 가. 이제 막 깨어난 애한테 뭐 하는 짓이야?"

제갈연의 두 눈이 살짝 휘어졌다.

"처, 천 소저……."

"어? 나 알아보겠어? 정신이 좀 들어?"

"으음."

그러나 제갈연은 다시 눈을 감고 말았다.

천영영이 화들짝 놀랐다.

"연아야! 정신 좀 차려 봐!"

운현과 소무결도 다급한 얼굴을 했다.

"애 또 왜 이래? 이제 괜찮은 것 아니었어?"

"지금 그게 문제야? 당 장로님 애 좀……."

그러나 그 사이를 파고든 것은 목영이었다.

"내가 좀 보마. 저리 비키거라."

목영이 제갈연의 손목을 잡으며 가만히 눈을 감았다. 그리고는 오래지 않아 미간을 모았다.

소무결이 불안한 얼굴로 입을 열었다.

"무슨 문제라도 있나요?"

"가만히 좀 있거라."

목영이 고개를 젓더니 당화기를 쳐다봤다.

"이게 어찌 된 일입니까?"

제갈연을 돕느라 이틀이나 잠을 자지 못했던 당화기가 초췌한 얼굴로 대꾸했다.

"제가 할 수 있는 것은 그게 전부입니다."

당화기의 대답에 목영은 어두운 얼굴로 저도 모르게 불호를 외웠다.

"나무아미타불."

운현이 당황한 얼굴로 목영을 쳐다봤다.

"목영 장로님, 왜 그러세요? 얘 다 나은 거 아니었어요?"

그러나 목영은 가타부타 말이 없었다.

운현이 안절부절못하는 사이 소무결은 당화기에게 매달렸다.

"당 장로님, 쟤 어디 잘못된 거 아니죠? 그렇죠? 이제 곧 일어날 거죠?"

보다 못한 양소삼이 둘의 뒷덜미를 낚아챘다.

"어? 어? 이거 왜 이러세요?"

"장로님 이거 좀 놓고……."

"둘 다 입 다물지 못하겠느냐? 이래서는 저 아이가 쉴 수 없지 않으냐? 너희들은 그만 나가 있거라."

"잠깐만요, 장로님! 잠깐만요!"

"저 연아 지켜야죠. 쟤 수발들어야……."

"입 닥치고 좀 나가 있으라고! 너희들 때문에 나을 병도 안 낫겠다, 이 녀석들아!"

끌려 나가는 둘을 보고 천영영이 한숨을 쉬며 고개를 절레절레 젓고 있는데, 모용기가 당화기를 향해 꾸벅 고개를 숙였다.

"감사합니다."

당화기가 고개를 저었다.

"그럴 것 없대도. 그보다 난 가서 쉬련다. 혹 무슨 일 있으면 소문이를 보내거라."

명진과 함께 한 걸음 뒤에서 제갈연을 쳐다보던 당소문이 고개를 끄덕였다.

"알겠습니다."

그런데 목영이 당화기를 잡아끌었다.

"당 장로, 잠깐 얘기 좀 합시다."

당화기가 끙 하고 앓는 소리를 냈다. 휴식이 절실했기 때문이다. 그러나 이내 고개를 끄덕였다. 아직 할 일이 남았다는 것을 잊지 않았던 것이다.

"그럽시다. 일단 내 거처로 가십시다."

그리고는 목영과 눈치를 보며 따라나선 정허까지 이끌어 자신의 거처로 향했다. 뒤늦게 들러붙은 양소삼까지 탁자에 둘러앉자 당화기가 목영을 쳐다봤다.

"어디까지 확인하셨습니까?"

"균형을 잡고 있는 두 개의 기운을 확인했습니다. 그런데 그게 아무래도……."

목영이 미간을 좁히며 말끝을 흐렸다. 당화기가 고개를 끄덕였다.

"맞습니다. 둘 다 독입니다. 하나는 육경사의 독이고 다른 하나는 제가 쓴 독입니다."

목영이 고개를 끄덕였다.

"그럴 거라 생각했습니다. 그런데 그 아이가 버틸 수 있겠습니까?"

당화기가 말없이 고개를 저었다.

그때까지 입을 다물고 있던 정허와 양소삼이 낭패한 얼굴을 했다.

"이런……."

"허허. 이것 참……."

이미 짐작하고 있던 목영은 정허와 양소삼을 힐끗 쳐다보더니 다시 당화기에게 질문했다.

"아까운 아이입니다. 다른 방법은 없겠습니까? 필요하다면 소환단이라도 하나 내놓겠습니다."

그러나 당화기는 고개를 저었다.

"소환단이 아니라 대환단이라 해도 안 됩니다. 오히려 저 아이의 명만 더 갉아먹는 일입니다. 불에 기름을 끼얹는 격이지요."

목영이 한숨을 쉬었다.

제갈연이 안쓰럽기는 그와 마찬가지였던 정허가 목영을 대신해서 당화기를 쳐다봤다.

"정녕 방법이 없는 겁니까? 이대로 두고 보기만 해야 하는 겁니까?"

"안 그래도 그 문제 때문에 드릴 말씀이 있습니다."

"그게 뭡니까?"

"그 아이를 우리 당가로 보내려 합니다. 저는 방법이 없지만, 아버님께서 보시면 또 다를 수도 있으니까요."

정허가 반색을 했다.

"독왕께서 돌아오셨습니까? 그걸 왜 이제야 말하는 겁니까?"

"얼마 되지 않았습니다. 저도 얼마 전에야 들었으니까요."

"어쨌건 다행입니다. 독왕이시라면 분명 무슨 방도가 있으시겠지요."

그러나 목영의 얼굴은 여전히 나아지지 않았다. 독왕이라고 해서 기혈에 침투한 독을 제어할 수 있을까 의문이 든 게다.

그러나 다른 말은 하지 않았다. 굳이 희망을 꺾을 이유가 없었다.

"알겠습니다. 천하의 독왕이시라면 방법이 있을 겁니다. 잘된 일입니다."

당화기가 고개를 끄덕였다.

"이제 다 되신 거지요? 이만 쉬고 싶군요."

목영이 미안하다는 얼굴을 했다.

"실례가 많았습니다. 궁금한 게 많다 보니……."

"아닙니다. 당연한 일이지요."

당화기가 얼른 손사래를 쳤다.

"어쨌건 미안합니다."

목영은 다시 한 번 고개를 숙이고는 자리에서 일어섰다. 정허에 뒤이어 양소삼도 자리에서 일어서려는데 당화기가 양소삼을 잡아끌었다.

"양 장로. 양 장로는 나와 잠깐 얘기 좀 하십시다."

정허가 의아하다는 얼굴로 당화기를 쳐다봤다.

"무슨 일로 그러십니까?"

"다른 게 아니고 제가 본가로 따라가지 못하니 개방의 도움을 받으려고 합니다. 당장 도움을 받을 곳이 개방 외에는 없어서……."

정허가 고개를 끄덕였다.

"아, 그렇군요. 알겠습니다. 저희는 먼저 가 보겠습니다. 얘기 나누십시오."

목영과 정허가 사라지자 양소삼이 눈을 빛냈다.

"제갈연을 어디로 보내시려 하는 겁니까?"

"눈치 채셨습니까?"

양소삼이 고개를 끄덕였다.

"독왕께서 돌아오신 것을 우리 개방이 모를 리가 없으니까요."

"역시 개방의 눈은 가릴 수가 없군요."

"그게 중요한 게 아니지 않습니까? 그 아이를 어디로 보내시려 합니까?"

당화기가 잠시 망설이는 얼굴을 했다. 자칫 개방까지 피해를 볼 수 있기 때문이었다.

그러나 자신을 믿으라던 홍소천의 얼굴이 떠올랐다. 당화기는 홍소천의 이름값을 믿어 보기로 했다.

"괴의에게 보내려 합니다."

양소삼이 얼굴을 찡그렸다.

"패천성주도 말씀하셨습니까?"

"신의가 있었다면 모를까, 그의 행적이 묘연한 지금은 어쩔 수가 없었습니다."

돌려서 말하는 당화기를 보며 양소삼이 끙 하고 앓는 소리를 내고는 관자놀이를 꾹꾹 누르며 다시 질문했다.

"그래서 그 녀석이 가겠다고 했습니까?"

"가서 죽겠다고 하더군요."

"허. 그놈 참……."

양소삼이 어이가 없다는 얼굴로 헛웃음을 흘렸다.

그러나 당화기는 한결 진지한 얼굴로 입을 열었다.

"많은 것을 바라지 않겠습니다. 그 아이들의 행적만 가려 주시면 됩니다. 그 이후는 저들이 알아서 해야겠지요."

양소삼은 한껏 일그러진 얼굴로 한참을 고민하다가 결국 고개를 끄덕일 수밖에 없었다.

"알겠습니다."

제갈연의 거처로 다가서던 백운설이 걸음을 멈칫했다. 깨어났다는 소식에 더 미룰 수가 없어 찾아오기는 했지만 얼굴을 마주할 용기가 나지 않았던 것이다.

'기아도 있을 텐데.'

백운설의 입장에서는 제갈연을 마주하는 것보다 이게 더 껄끄러웠다.

'차라리 예전처럼 삐치기라도 하지.'

자주는 아니었지만 한 번씩 그럴 때마다 심하게 다퉜었다.

그때는 꼴도 보기 싫을 정도로 화가 났는데 지금처럼 반응이 없는 것보다는 차라리 그게 좋았다는 생각이다.

무엇을 해도 반응이 없으니 숨이 턱 막히는 느낌이었다.

그래서 차마 들어가지 못하고 한참을 서성거리는데, 때마침 제갈연의 거처로 향하던 소무결이 그런 그녀를 발견하고는 어깨를 툭 쳤다.

"너 여기서 뭐 해?"

"어?"

"여기서 뭐 하냐고. 연아 보러 온 거 아니야?"

"그, 그게……."

백운설이 당황한 얼굴을 했다.

"얼른 들어가 보자. 어차피 인사는 해야 할 거 아냐?"

"어? 자, 잠깐만. 아직 마음의 준비가……."

"마음의 준비는 무슨. 인사하는 데 무슨 준비가 필요해? 얼른 들어가자."

소무결이 픽 웃으며 백운설을 잡아끌었다.

"아니, 그게 아니고…… 무결아, 잠깐만! 잠깐만 멈춰 봐!"

백운설이 버텨 보려 했지만 소무결의 힘을 감당하지 못했다.

그래서 질질 끌려가다시피 하는데, 소무결이 예고도 없이 방문을 벌컥 열어젖히자 안에서 제갈연을 돌보고 있던 당소문이 소무결을 쳐다봤다.

"왔냐?"

그러나 뒤이어 얼굴을 내비치는 백운설을 보고는 미미

하게 얼굴을 찌푸리다 다시 소무결을 쳐다봤다.

"뭐냐?"

"뭐긴 뭐야? 고맙다고 인사하러 온 거 아냐? 내 말 맞지?"

백운설이 얼떨결에 고개를 끄덕였다.

"어? 어."

소무결이 히죽 웃으며 당소문을 쳐다보다가 있어야 할 놈이 보이지 않는다는 것을 뒤늦게 눈치 챘다.

"근데 기아는? 그 자식 어디 갔어?"

"볼일 있다고 하던데."

"볼일? 무슨 볼일?"

"그건 나도 모른다."

"그 자식이 웬 일이래? 좀 쉬라고 해도 죽어도 안 떨어질 것 같더니?"

소무결이 고개를 갸웃거렸다.

반면에 백운설은 한시름 덜었다는 얼굴이다. 아직 모용기를 마주할 준비가 되지 않은 게다.

"연아는 좀 어때?"

"네가 직접 물어봐라."

"응?"

소무결이 다가서자 제갈연이 희미하게 미소를 짓고 있었다.

"어라? 너 깨어 있었어? 근데 왜 말을 안 해?"

"아, 아직 마, 말하는 거 불편……."

제갈연은 힘이 드는지 말을 더듬더듬 뱉어 내자 소무결이 얼른 손을 저었다.

"됐어, 됐어. 내가 깜빡했다. 아직 정상이 아닌 거."

그리고는 백운설을 향해 손짓했다.

"뭐 해? 이리 안 오고. 마침 잘됐다. 연아 깨어 있네. 얼른 인사해."

"으, 응."

소무결의 손짓에 백운설이 쭈뼛거리며 제갈연에게 다가섰다.

그러나 준비한 대로 고맙다는 말을 바로 건네지는 못했다. 미안한 감정에 울컥 목이 멘 게다.

오히려 제갈연이 먼저 입을 열었다.

"배, 백 소저, 괘, 괜찮……?"

소무결이 여전히 주저하고 있는 백운설을 툭 건드렸다.

"뭐 해? 괜찮냐고 물어보잖아."

"응? 아……."

방황하던 백운설의 눈빛이 그제야 초점을 찾았다.

"전 괜찮아요. 제갈 소저 덕분에. 정말 고마워요. 그리고 죄송해요. 저 때문에 이렇게……."

제갈연이 작게 고개를 저었다.

"다, 다행……."

제갈연이 더 말을 이어 가려는데 소무결이 손뼉을 짝 하고 치며 끼어들어 말을 잘랐다.

"이제 그만해. 말 더 하면 숨넘어가겠다. 그랬다간 기아 놈이 우리 씹어 먹으려고 할걸? 이제 좀 쉬어."

모용기의 얘기가 나오자 제갈연의 얼굴에 다시금 미소가 어렸다. 그 모습을 본 백운설의 머리가 복잡해졌다. 그러나 말을 걸어오는 소무결 덕분에 생각이 얼굴에 드러나는 것을 간신히 피할 수 있었다.

"그보다 너희 사부님은 어때? 이제 좀 괜찮으셔?"

"우리 사부님? 많이 좋아지셨어."

"다행이네. 그날 진짜 일 나는 줄 알았더니."

소무결은 주저리주저리 말을 늘어놓았다. 그러나 생각이 복잡했던 백운설은 건성으로 대꾸하다가 곧 자리에서 일어섰다.

"이제 그만 가 볼게."

"어? 벌써?"

"많이 좋아졌다고는 해도 사부님 곁을 너무 오래 비워 두는 건 아직 불안하거든."

"하긴, 내상이 많이 심하시긴 했지. 얼른 가 봐."

소무결이 고개를 끄덕이자 백운설이 제갈연을 돌아봤다.

"제갈 소저, 저 또 올게요."

"고, 고마⋯⋯."

"아니에요. 제갈 소저가 아니라 제가 고마워해야죠. 그럼 쉬세요."

백운설이 제갈연과 얼굴을 마주하며 밝게 웃었다. 그러나 방문을 나서는 백운설의 얼굴은 차디차게 식어 있었다.

'난 이제 어쩌지?'

후원으로 들어오는 이심환을 본 모용기가 하던 일을 멈추고 꾸벅 고개를 숙였다.

"오셨어요?"

"자네 지금 뭐 하는 건가?"

이심환은 인사보다 의문이 먼저였다. 검으로 땅을 푹푹 찌르는 모용기의 모습은 누가 봐도 정상이 아니었기 때문이다.

모용기가 검을 뽑아 들고 붕붕 돌렸다.

"이거요?"

"그래, 그거."

모용기가 고개를 저었다.

"조금 있다 알려 드릴게요. 그보다 제 말은 생각해 보셨어요?"

모용기의 말에 이심환이 끙 하고 앓는 소리를 내더니

얼굴을 찌푸렸다. 아직 마음을 정하지 못한 게다.

그러나 모용기는 냉정하게 말했다.

"가야죠. 그게 맞는 겁니다."

"자네 말을 들어 보면 그렇긴 한데…… 아무리 그래도 조상 대대로 터를 잡고 가꿔 온 곳일세. 그게 그렇게 쉬운 일이 아니야."

"부인이랑 곧 태어날 아이를 생각하셔야죠. 혹시라도 화를 당하게 되면 어쩌려고요?"

"그 때문에 이렇게 고민하는 것 아닌가? 그게 아니었으면 아무리 자네 말이라도 어림도 없었어."

이심환이 한숨을 내쉬었다. 그리고는 이내 말을 이었다.

"이성적으로 생각하면 자네 말이 맞네. 백번도 더 맞지. 하지만 집을 떠나 다른 곳에 정착하는 게 쉬운 일은 아니지 않는가?"

"그냥 여행이라도 떠난다고 생각하세요. 그럼 되지 않겠어요?"

모용기의 말에 이심환이 쓰게 웃었다.

"기약이 없는 여행이지."

모용기 역시 이심환의 마음을 충분히 이해했다. 누구라도 그럴 것이다. 십분 공감했다.

그러나 딱 거기까지였다. 물러설 생각은 조금도 없었다.

"그래도 가야 합니다. 불에 탄 집은 다시 세우면 그만이지만, 죽은 사람은 되돌릴 방법이 없거든요. 아저씨도 아시죠?"

이심환이 고개를 끄덕였다. 그리고는 볼멘 얼굴로 입을 열었다.

"자네는 도저히 빠져나갈 수 없게 하는구만."

"다 철장방이 잘되기를 바라기 때문에 하는 겁니다. 제 말 들어서 손해 볼 일은 없을 겁니다."

"안 그래도 그게 궁금했는데…… 이참에 물어보자. 왜 이렇게 우리 철장방을 돕는 거지? 아무리 생각해 봐도 자네가 그럴 이유가 없을 것 같은데."

이심환의 눈이 조금 가늘어졌다. 의심을 품은 게다. 아무리 기억을 더듬어 봐도 모용기와의 접점이 없었으니, 그가 호의를 베풀 이유가 없었던 탓이었다.

"의심을 가질 필요 없어요. 이렇게 말해도 믿기 어려울 테지만……."

"그러니까 이유를 말하라는 것 아닌가? 이래서야 호의를 호의 그대로 받아들이는 것조차 어렵지 않은가?"

모용기가 고개를 저었다.

"지금은 안 돼요. 말해 봐야 저만 미친놈이 될 테니까요. 언젠가 때가 되면 말해 드리죠."

그 말에 이심환이 눈살을 찌푸렸으나 이내 체념하는

얼굴이다. 육경사도 때려잡는 놈이라 힘으로는 상대도 되지 않기에 체념이 빠른 게다. 대신 다른 의문을 풀기로 했다.

"근데 아까부터 뭘 그렇게 하는 겐가? 뭐 찾는 거라도 있는 건가?"

여전히 검으로 땅을 푹푹 찌르던 모용기가 이심환을 돌아봤다.

"그러고만 있지 말고 좀 도와줘요. 혼자 하려니까 오래 걸리네."

"묻는 말에 대답을 해야 도와주든 말든 할 거 아닌가? 아까부터 뭘 그렇게 찾는가?"

"보면 알 거예요, 보면. 얼른 돕기나 하세요. 이게 다 아저씨 좋으라고 하는 거라니까요."

이심환은 한숨을 쉬더니 나뭇가지 하나를 꺾어 들었다. 외가기공을 익혔다고는 하나 내공 역시 어느 정도는 쓸 줄 알았다.

그래서 어렵지 않게 땅바닥을 푹푹 찌르는데 어느덧 반 시진이 넘어갔다.

이마에 땀방울이 송골송골 맺힐 때쯤 이심환이 끙차 하고 허리를 폈다.

"후우. 여기 뭐가 있긴 있는 건가?"

"그럴 걸요."

"그럴 걸요? 그 무슨 말인가? 그냥 예측이란 것인가?"

"그건 아니고. 믿을 만한 사람한테 들은 겁니다."

"믿을 만한 사람? 우리 철장방의 일을 나보다 더 잘 알 만한 사람이 있다는 말인가?"

모용기가 고개를 끄덕였다.

"예. 있어요."

"그게 누군가?"

"그것도 비밀."

이심환이 얼굴을 찌푸렸다.

"뭔 놈의 비밀이 그리 많은 겐가?"

"말하기가 곤란해서 그래요. 때가 되면 알려 드릴게요. 그보다 빨리 좀 해 봐요. 이러다 날 새겠네."

이심환이 한숨을 쉬며 고개를 절레절레 저었다. 그리고는 다시 나뭇가지 땅을 푹 찌르기 시작하는데, 그 순간 이심환의 표정이 미묘하게 달라졌다.

"응?"

"왜 그래요? 거기 뭐 있어요?"

"글쎄다. 뭔지는 모르겠는데 느낌이 미묘하게 달라서……."

이심환이 나뭇가지로 땅바닥을 쑤석거렸다. 모용기가 기겁을 하며 달려왔다.

"어? 어? 잠깐만요! 뭐가 들었는지도 모르는데 그렇게 막쑤셔 대면 어떻게 해요?"

"이러면 안 되는 건가? 중요한 물건이라도 되는 건가?"

"나보다 아저씨한테 더 중요한 물건일걸요? 일단 비켜 봐요. 내가 좀 보게."

이신환을 밀쳐낸 모용기가 조심스럽게 검을 찔렀다. 그리고 오래지 않아 손끝에 걸리는 느낌이 달라졌다.

"찾은 것 같은데요."

"그게 대체 뭔데 그러나?"

"직접 파 보세요."

"내가?"

"당연하죠. 아저씨 물건이니까."

"내 것이라고? 난 딱히 생각나는 게 없는데……."

이심환이 고개를 갸웃거리면서도 소매를 걷어붙였다.

모용기가 버릇처럼 히죽 웃었다.

"아저씨 것 맞아요. 그리고 그게 뭔지 알면 나한테 절이라도 하고 싶을걸요?"

그러나 모용기의 생각을 읽지 못한 이심환은 연신 고개를 갸웃거렸다.

"군사님, 비연각주입니다."

"들어오게."

문을 열고 들어서는 장무생의 모습에 제갈곡이 고개를 갸웃거렸다.

서로 일이 바빠 얼굴을 마주하기가 쉽지 않은데, 지난번에 다녀간 지 얼마 되지 않은 시점에 다시 자신을 찾자 의문이 생긴 게다.

"또 무슨 일이라도 생긴 건가?"

장무생이 고개를 끄덕였다.

"상당히 곤란한 일이 생겼습니다."

"곤란한 일? 그게 뭔가?"

"일단 보십시오."

장무생이 건네는 장계를 무의식적으로 훑어 내리던 제갈곡이 눈을 동그랗게 떴다.

"육경사? 오독신군 육경사? 정말 그가 맞나?"

"그런 것 같습니다. 다른 이도 아니고 양 장로님께서 직접 확인하신 겁니다."

개방 출신에 눈썰미가 좋은 양소삼이었으니 틀릴 확률은 거의 없다고 봐야 했다.

그러나 제갈곡이 의문을 품은 것은 그것이 아니었다.

"그게 아니라 모용기 혼자 잡았다고 적혀 있는데 그게 확실하냐는 말일세."

"저도 믿기지는 않습니다만, 아마 확실할 겁니다. 지켜보는 눈도 많았던 데다가 화산의 조화심 대협이 함께한 자리입니다. 조화심 대협이 허언을 두고 보지 않는다는 것은 모두가 다 아는 사실 아닙니까?"

"그야 그렇네만……."

제갈곡은 여전히 믿어지지 않는지 장계를 만지작거렸다. 모용기란 이름이 유독 눈에 콕 박혔다.

그러나 제갈곡은 이내 인상을 썼다.

"자네 말대로 이거 정말 곤란하군."

자신이 잘못 본 게다. 호랑이 새끼인 줄 알았더니 용이었다. 이런 짓을 할 줄 알았다면 무슨 짓을 하더라도 모용기가 철장방으로 향하는 것을 막았을 터다.

제갈곡이 장무생을 쳐다봤다.

"맹주전과 장로원에도 올라갔겠지?"

"그럴 겁니다. 비연각에는 눈과 귀가 많은지라……."

제갈곡이 끙 하고 앓는 소리를 냈다. 모두가 모용기를 죽이려 눈에 불을 켤 것이 눈앞에 선했기 때문이다.

'그건 안 되지.'

그동안은 제갈연이 얻는 것도 있고, 어린아이들의 사랑놀이가 귀여워서 그러려니 했었다.

필요하면 적당히 써먹고 버릴 수 있다 여겼다.

그러나 상황이 변했다. 이제는 제갈곡도 욕심이 났다.

버릇처럼 손가락으로 탁자를 톡톡 두드리던 제갈곡이

탐색하는 눈으로 장무생을 쳐다봤다.

"이 일을 자네가 직접 가져온 이유가 뭔가?"

장무생은 구파일방이나 오대세가 출신이 아니었다. 서안의 태안문이라는 군소문파 출신으로 정무맹에선 중립파에 속했다. 넓게 보면 진산 측 사람이었다. 그런 이가 자신에게 정보를 가져왔으니 의아할 수밖에 없었던 게다.

그런데 장무생은 의외로 담담한 얼굴로 대꾸했다.

"저는 맹이 시끄러워지는 걸 원하지 않습니다. 그래서는 패천성과 대적하기 어려우니까요."

패천성이라는 말에 그제야 짚이는 것이 있는 제갈곡이었다.

"자네 아버지께서 정사대전 중에 돌아가셨다지?"

"예."

"패천성과 한 하늘을 두고 살 수가 없겠군."

"그렇습니다."

"그래서 나를 찾아온 거고. 내가 이 일을 잠재울 계책이 있다 믿고."

"바로 보셨습니다."

제갈곡이 고개를 저었다.

"한데 자네가 잘못 생각했네. 내가 이 일을 무슨 수로 막겠나? 다른 이도 아니고 오독신군 육경사일세. 모두가 한마음이 되어서 그 아이를 죽이려 하겠지. 그러나 나는 그 아이를 살려야겠네. 이 혼란에 내가 깊숙이 몸을 담을 거란 말일세."

장무생이 무거운 얼굴로 입을 다물었다. 제갈곡이 다시 질문했다.

"그 정도도 예상하지 못했나?"

"예상은 했습니다."

"그런데?"

"군사님이 어떤 선택을 하실지 두 눈으로 확인하고 싶었습니다."

제갈곡이 예상이라도 했다는 얼굴로 고개를 끄덕였다.

"그래, 직접 확인한 소감은 어떤가?"

"아무래도 그 아이를 죽여야겠다는 생각이 들었습니다."

제갈곡이 눈을 찌푸렸다.

"자네까지 그래야 하겠나?"

"세 패로 쪼개진 것까지는 그렇다고 해도 여기서 더 쪼개지면 정무맹이 남아나지 못할 겁니다."

"이미 쪼개졌어. 골이 깊게 파이기 일보 직전일세."

"아직 파인 건 아니지 않습니까? 설령 파였다고 해도 다시 메우면 됩니다. 그걸 가장 잘하시는 분들이 윗분들 아닙니까?"

장무생이 자리에서 벌떡 일어섰다.

"이만 물러나겠습니다."

제갈곡이 마지못해 고개를 끄덕였다.

"그렇게 하게."

제갈곡의 허락에 집무실을 나서려던 장무생이 갑자기 무슨 생각이 들었는지 걸음을 멈추며 제갈곡을 돌아봤다.

"그런데 그 장계. 끝까지 읽어 보신 겁니까?"

"응?"

"끝까지 읽으십시오."

제갈곡의 두 눈에 의문이 깃들었다. 그러나 장무생은 더이상 입을 열지 않고 그대로 집무실을 나섰다.

장무생이 사라진 자리를 미간을 모은 채 쳐다보던 제갈곡은 이내 장계를 다시 펼쳐 들었다.

제갈곡의 눈길이 장계의 마지막 부분으로 향하는 순간, 제갈곡이 자리를 박차고 일어섰다.

"이런! 연아야!"

조고를 대신해 도지감을 맡은 황한은 요즘 기분이 좋았다. 좋다는 말로는 부족하고 날아갈 것만 같았다. 똥지게나들고 다니던 자신이 도지감을 책임지는 자리에 오른 것은 그야말로 벼락출세였기 때문이다.

물론 황한이 도지감을 온전히 맡은 것은 아니었다. 자신은 이름만 올리고 실권은 동창의 권력자인 왕식의 양자 왕진이 움켜쥐고 있었다.

내심 불만이 있었지만 하루가 다르게 차곡차곡 쌓이는 재물은 그마저도 눈 녹듯 사르르 녹아내리게 만들었다. 그래서 하루하루가 즐거웠다. 항시 입이 귀에 걸렸었다.

그러나 황한은 오늘만큼은 그럴 정신이 없었다. 암영대에서 날아든 장계 하나가 춘풍이 넘쳐나던 자신의 집무실에 북해의 얼음장 같은 추위를 몰고 왔기 때문이다.

"실패라고요?"

황한의 자리인 상석을 차지한 왕진은 여느 때와 다름없이 헤실헤실 웃는 얼굴이었다.

그러나 대답하는 황한의 목소리는 저도 모르게 파르르 떨리며 흘러나왔다.

"그, 그렇습니다."

"피해는요?"

"예, 예?"

"피해는 얼마냐고요?"

"그, 그게……."

동원했던 전력의 삼분지 일이 꺾였다. 군문으로 보면 궤멸에 가까운 피해를 입은 게다. 그래서 황한은 도저히 제입으로 밝힐 엄두가 나지 않았다.

그러나 그의 마음을 모르는 것인지, 왕진은 여전히 헤실

혜실 웃는 얼굴로 황한을 재촉했다.

"피해가 얼마인지를 알아야 대처를 하지 않겠습니까? 말해 보세요. 피해가 얼마나 됩니까?"

황한은 난감한 얼굴로 왕진을 똑바로 볼 수조차 없었다. 그러나 더 이상 시간을 끌면 그 파장이 더 클지도 모른다.

"암영대원 육십이 죽고……."

"죽고? 더 있습니까?"

황한이 눈을 질끈 감았다.

"육경사가 죽었습니다."

그 말에 언제나 웃는 얼굴이던 왕진의 얼굴에서 웃음기가 쏙 빠져나갔다.

"육경사가요?"

왕진이 얼굴을 찡그렸다. 황한이 그를 알게 된 이후로 처음으로 얼굴을 찡그린 게다.

왕진이 진행한 일이라 자신의 책임이라 볼 수 없었지만 그렇다고 태연할 수 없었던 황한이었다.

원래 권력자가 그런 것이기 때문이다. 결정은 윗사람이 하더라도 책임은 아랫사람의 몫이었다. 누가 일을 꾸몄는지는 전혀 중요하지 않았다.

다행히 왕진은 오래지 않아 다시 혜실혜실 웃는 얼굴로 돌아왔다.

"대책은요?"

"예?"

"대책이요, 대책. 설마 대책도 생각해 보지 않은 건 아니겠죠?"

황한은 저도 모르게 식은땀이 배어났다.

그러나 선뜻 입을 열 수가 없었다. 일이 틀어졌을 때의 대책 같은 건 전혀 마련해 두지 않았던 게다. 애초에 이런 일이 벌어질 것에 대해 생각해 본 적조차 없었던 그였다.

왕진이 눈을 동그랗게 떴다.

"진짜 생각 안 한 거예요?"

"그, 그게…… 죄송합니다."

황한이 바닥에 머리를 찧기라도 할 듯이 허리를 숙였다. 물끄러미 쳐다보던 왕진이 조금 시간을 끈 후에 고개를 저었다.

"뭐, 그럴 수도 있죠. 일단 허리는 펴고."

"가, 감사……."

"그만 나가 봐요."

"네, 네?"

"나가 보라고요. 내 말 못 들었어요?"

"아, 아닙니다. 그럼 전……."

"아, 그리고 가는 길에 조 공공 좀 불러줘요."

왕진이 조고를 찾자 황한이 당황한 얼굴을 했다.

"예?"

"거, 자꾸 두 번 말하게 하시네. 내 말이 이해가 안 돼요? 내가 말을 어렵게 해요?"

"아, 아닙니다. 죄송⋯⋯."

황한이 다시 허리를 숙였다. 그러나 왕진은 여전히 헤실 헤실 웃는 얼굴로 황한의 말을 잘랐다.

"됐고요. 얼른 조고나 불러줘요. 그만 나가 봐요."

"예, 예. 알겠습니다."

얼굴에서 핏기가 쏙 빠진 황한이 집무실에서 모습을 감추자 왕진은 그제야 얼굴을 찌푸렸다.

'에이 씨. 영감 말대로 진작 똑똑한 놈으로 구할걸 그랬어.'

휘두르기 쉽다고 똥지게나 지던 놈을 앞에 내세운 게 실수였다. 그 탓에 자신이 해야 할 일만 계속 늘어났다. 다른 이가 필요했다.

'근데 조고는 쓰지 말라고 했던 것 같은데⋯⋯.'

일이 급해서 조고를 찾긴 했지만 그를 쓰지 말라던 왕식의 말이 마음에 걸렸다. 하나 찜찜한 기분에도 불구하고 이내 고개를 저어 털어 내 버렸다.

'어차피 잠깐인데 뭐. 다른 사람을 구할 때까지만 임시로 쓰고.'

다시 눈앞에 닥친 문제로 생각을 옮겼다.

'이건 어떻게 처리한다?'

암영대원 육십이야 그렇다 쳐도 육경사까지 죽을 줄은 생각도 못 했다.

그저 그런 이름 없는 무부라면 모를까, 육경사는 왕식이 제법 공을 들였던 자였다. 어쩌면 자신이 질책을 받게 될지도 모를 일. 머리가 아팠다.

관자놀이를 꾹꾹 누르던 왕진은 무의식적으로 장계에 눈을 가져갔다. 빼곡히 들어찬 글자들 사이에서 유독 톡 튀어나온 글자 세 개가 왕진의 눈길을 끌었다.

"모용기. 모용기. 모용기……."

모용기의 이름을 세 번이나 되뇌던 왕진은 이내 악동 같은 미소를 머금으며 중얼거렸다.

"넌 내가 기억해 둘게. 고맙지?"

제갈연은 하루에도 열두 번은 더 일어나고 기절하기를 반복했다.

그나마 다행인 점은 잠들어 있는 시간보다 깨어 있는 시간이 차츰 길어지기 시작했다는 것이다.

그리고 그 일이 있은 지 딱 한 달이 지난 시점부터는 어느 정도 움직이는 것이 가능해졌다.

다른 사람의 도움 없이 움직이는 것은 여전히 힘겨워했

지만, 모용기는 그 정도로도 감지덕지였다. 드디어 철장방을 벗어날 수 있게 되었기 때문이다.

제갈연의 회복으로 비로소 움직일 수 있게 된 것은 정무맹의 장로들과 용봉관의 아이들 역시 마찬가지였다. 장로들은 정무맹을 오래 비웠다는 불안감에, 아이들은 이제 곧 다가올 결시에 대한 초조함에 생각이 많았던 게다.

초조해하던 용봉관의 아이들은 제갈연의 회복 소식에 겨우 안도할 수 있었지만, 그조차도 오래가지 못하고 이번에는 침울한 분위기를 자아냈다.

제갈연이 완전히 치료되지 않았다는 사실을 뒤늦게 전해 들은 것이다. 그리고 그러한 침울한 분위기는 철장방을 떠나는 오늘까지 계속되었다.

"나도 남을까?"

주저하는 소무결을 보고 모용기가 픽 웃음을 흘렸다.

"그랬다간 너희 사부님이 나 잡아먹으려고 들걸?"

"에이. 뭘 또 우리 사부가 널 잡아먹으려고 들어? 우리 사부는 그런 짓 안 해."

"흥 방주님이랑 나랑 거래한 거 잊었어? 너 순무대전 보내기로 한 거. 그런데 순무대전은 고사하고 용봉관까지 중도 포기하게 하면 진짜 씹어 먹으려고 하실지도 몰라."

"우리 사부는 그런 짓 안 한다니까? 차라리 날 두들기면 두들겼지. 그리고 우리 사부가 씹어 먹으려고 한다고 네가 씹어 먹힐 놈이야? 네가 씹어 먹었으면 씹어 먹었지."

"시끄럽고. 얼른 가기나 해. 너희들이 안 움직이니까 장로님들이 기다리시잖아."

소무결이 목영 등의 눈치를 돌아보며 입을 다물었다. 그 틈을 탄 운현이 입을 열었다.

"정말 괜찮겠어?"

"안 괜찮으면 다른 방법은 있고? 연아가 저 꼴인데 나라도 같이 가야지."

마차에서 창밖을 내다보던 제갈연이 움찔했다.

"괜찮아, 괜찮아. 네 탓하는 거 아니야."

"그래도……."

"진짜 괜찮다니까. 말이 나와서 하는 말인데, 내가 용봉관에 남아서 뭐하겠어? 배울 것도 없는데."

"그래도 순무대전이 있잖아요. 그건 모용 공자가 노리던 거잖아요."

"됐어. 굳이 순무대전이 아니라도 우리 집이 살아날 방법은 얼마든지 있어. 정 마음에 걸리면 네가 머리 좀 쓰든가. 그럼 되겠네."

두 사람의 대화를 들은 운현은 더는 말을 꺼내지 않았다.

무슨 말을 해도 모용기가 마음을 바꾸지 않을 것이라는 사실을 눈치 챈 게다. 운현이 고개를 끄덕였다.

"알았어. 그럼 조금만 기다려. 결시 끝나면 우리도 자유로워지니까 당가로 찾아갈게."

모용기가 픽 웃으며 고개를 끄덕였다.

"그러든가. 그럴 시간이 있을지는 모르겠지만."

뒷일은 당소문에게 맡겼다. 운현이나 소무결 등은 앞으로 삼 년 정도는 세상 구경하기 어려울 게다.

그러나 아무것도 모르는 운현은 순진한 얼굴로 다시 말했다.

"시간이 없긴 왜 없어? 결시만 끝나면 당분간은 남아도는 게 시간인데. 금방 간다. 기다려."

"그래, 그래."

"그래, 그래가 아니고. 진짜 간다니까?"

"알았다고. 왜 자꾸 같은 말이야?"

"에이 씨, 진짜. 내가 말을 말아야지."

운현이 투덜거리며 고개를 절레절레 젓는데, 제갈연과 말을 나누던 천영영이 그제야 모용기를 돌아봤다.

"연아 잘 부탁해."

"걱정 안 해도 돼. 네가 말 안 해도 잘할 거니까."

천영영이 고개를 끄덕였다. 그러나 노파심에 한마디 덧붙이는 걸 잊지 않았다.

"꼭 살려서 와야 해."

"그래. 꼭 그렇게 할게."

그 말을 끝으로 모용기가 시선을 돌렸다. 명진을 찾는 게다.

명진은 당소문과 함께 한 걸음 떨어져 있었는데, 지난 밤 이미 얘기를 마친 당소문과는 달리 할 말이 있을 거라 여긴 게다.

그러나 명진은 무슨 생각을 하는지 모용기에게 시선조차 주지 않았다.

"하여간 저 자식은……."

귀여운 구석이라고는 눈곱만큼도 없었다.

모용기가 쩝 하고 입맛을 다시는데, 그제까지 조화심의 눈치를 보던 백운설이 조심스럽게 다가왔다.

"기아야."

"왜?"

백운설이 천영영과 다시 말을 나누는 제갈연을 힐끗 쳐다보고는 목소리를 낮췄다.

"정말 남을 거야?"

"그러겠다고 했잖아. 대체 몇 번을 말해야 해?"

모용기가 삐딱한 얼굴로 대꾸했다.

그 모습에 백운설이 입술을 꼭 깨물었으나 포기할 생각은 없는지 다시 입을 열었다.

"소 오라버니가 실망할지도 몰라."

"실망은 무슨. 애초에 기대도 없었을 텐데 무슨 실망이야."

모용기의 말대로 모용소가 순무대전에 대해서는 별다른 기대를 갖지 않았을 확률이 높았다.

그것으론 설득하기 어렵다고 판단한 백운설이 잠깐 머리를 굴리더니 이내 다른 말을 꺼냈다.

"위험할지도 몰라. 너 아직 스물도 안 됐다고. 강호가 얼마나 험난한데 혼자 돌아다니겠다는 거야?"

모용기가 픽 웃었다.

"위험해? 내가? 너희 사부한테 물어봐. 내가 못 돌아다닐 정도면 강호에 돌아다닐 사람은 아무도 없을걸?"

"무공이 다가 아니잖아. 경험이 문제라고. 네가 강호를 알아?"

안다. 아주 잘 안다. 그러나 설명할 방법이 없었다. 그리고 더는 말싸움을 하고 싶지도 않았다.

모용기가 차갑게 잘라 냈다.

"신경 꺼. 내가 가겠다는데 네가 뭔데 그래? 남의 일에 신경 끄고 네 일이나 잘해."

"너 말 그렇게 할 거야? 불안하니까 걱정돼서 그러는 거잖아. 어젯밤 꿈에……."

발끈하던 백운설이 아차 하며 말끝을 흐렸다. 모용기가 고개를 갸웃거렸다.

"꿈에 뭐? 무슨 이상한 꿈이라도 꾼 거야?"

"아냐, 아무것도."

"아니긴 뭐가 아니야? 너 혹시 내 꿈이라도 꾼 거야?"

백운설이 입을 다물었다. 모용기가 헛웃음을 흘렸다.

"헐. 진짠가 보네. 근데 누구 마음대로 내 꿈 꾸래? 내가 허락하지도 않았는데."

당황하던 백운설이 미간을 좁혔다.

"내 꿈을 왜 네 허락을 맡아?"

"내가 나왔다며? 그럼 당연히 내 허락을 맡아야지. 그리고 난 허락해 줄 생각 없으니까 앞으로는 내 꿈 꾸지 마. 알았어?"

"안 꿔. 안 꾼다고. 더럽고 치사해서 안 꿔."

백운설이 씩씩거리며 등을 보였다. 그러나 연신 뒤를 힐끗거리며 모용기를 살폈다. 그런데 모용기가 일절 반응이 없자, 백운설의 어깨가 축 늘어졌다.

"이제 갈까요?"

목영이 조화심을 쳐다봤다.

모용기를 물끄러미 쳐다보던 조화심이 이내 고개를 끄덕였다.

"그럽시다."

목영이 한 걸음 나서며 일행을 돌아봤다.

"이제 갑시다."

목영의 말에 따라 다들 말에 올라타며 먼 길을 떠날 준비를 했다.

그런데 이제껏 말이 없던 명진이 목영의 앞으로 나섰다.

"무슨 일이냐?"

목영이 호기심이 가득한 눈빛으로 명진과 시선을 맞추자, 그가 계속 고민하다 이제야 다다른 결론을 끄집어냈다.

"전 안 갑니다."

"응?"

목영이 당황했다. 목영만이 아니라 일행 전부가 황당한 얼굴을 했다.

제일 먼저 정신을 차린 소무결이 명진의 팔을 잡아챘다.

"넌 또 왜 그래? 여기 남아서 어쩌려고? 용봉관은? 용봉관 그만둘 거야?"

소무결을 힐끗 쳐다본 명진은 여전히 어안이 벙벙해 보이는 목영을 쳐다보며 다시 입을 열었다.

"우리 무당은 이번 용봉관 과정을 포기하겠습니다."

참룡회귀록

斬龍回歸錄

참룡
회귀록

斬龍
回歸
鏡

25 章.

　밤이 깊었다. 그러나 이심환은 좀처럼 잠을 이루지 못했다. 모용기가 남기고 간 어려운 숙제 때문이었다.

　이심환은 자신의 집무실의 의자에 앉아 모용기가 남기고 간 서책을 물끄러미 내려다봤다.

　'철장공.'

　철장공의 비급은 이심환도 가지고 있었다.

　그러나 모용기가 남기고 간 것은 그것과는 전혀 다른 것이다. 백 년 전에 철장방을 연 이철용의 심득이 담긴 비급이었기 때문이다.

　'이게 거기에 있다는 것을 그 아이는 어떻게 알았을까?'

틈이 날 때마다 물어봤지만 모용기는 입을 꾹 다물었다. 그렇다고 억지로 입을 열게 할 수도 없으니 속수무책이었다. 덕분에 두통이 늘었다.

'아니지. 이건 일단 나중으로 미뤄 두고.'

더 큰 두통이 있었던 게다.

'더 이상 시간을 지체하면 산달이 다가올 터인데.'

떠나려면 지금이 적기였다. 더 시간을 지체할 여유가 없었다. 황세경의 산달이 다가오면 한동안은 움직일 수가 없었기 때문이다.

'간다고 하긴 했는데.'

모용기가 철장공을 들고 협박하는 바람에 어쩔 수 없이 승낙한 게다.

그렇다고 물릴 생각은 없었다. 받은 것이 더 크기 때문이다.

다만 막상 떠난다고 생각하자 마음 한구석이 무거웠다.

그때 집무실의 문이 스르륵 열리더니 황세경이 들어왔다.

이심환은 얼른 철장공의 비급을 감추며 황세경을 쳐다봤다.

"이 시간에 어쩐 일이오?"

황세경이 준비해 온 차를 내밀었다.

"차 한 잔 드시고 하세요."

"이 시간에 이걸 준비해 온 것이오? 아랫것들을 시키지 그랬소? 몸도 무거울 터인데."

"이 정도는 제가 해야지요. 무겁다고 누워만 있으면 더 힘이 든답니다."

이심환이 고개를 끄덕였다.

"그렇긴 하오. 힘들더라도 적당히 움직여야 활기가 도는 법이지. 그보다 정말 어쩐 일이오? 정말 차 한 잔 주려고 이 시간에 온 것은 아닐 테고."

이심환의 말에 물끄러미 그를 쳐다보던 황세경이 조금 시간이 지난 후에 나직이 입을 열었다.

"요즘 고민이 있어 보여서요."

"그게 티가 났소?"

이심환의 말에 황세경이 웃음을 보였다. 하루 이틀도 아니고, 날마다 밤잠을 설치는 것을 보고 있노라면 모르려야 모를 수가 없었기 때문이다.

이심환이 얼굴을 찡그렸다.

"이런. 정말 티가 났나 보오. 그렇게 조심했거늘."

"원래 뭔가를 잘 숨기지 못하시잖아요. 그보다 무슨 일인지 물어봐도 될까요?"

이심환이 잠시 입을 다물었다. 가뜩이나 몸도 불편할 텐데 굳이 고민거리 하나를 더해 줄 이유가 있을까 싶은 게다.

그러나 이내 고개를 젓고 말았다. 어차피 언젠가는 황세경도 알게 될 일이었다. 그럴 바엔 조금이라도 일찍 준비를 하는 게 나을 수 있다 여긴 게다.

"만약. 만약에 말이오."

"말씀하세요."

"만약에 말이오. 우리가 악양을 떠나 다른 곳으로 가게 된다면, 부인은 어떨 것 같소?"

이심환의 말에 황세경의 눈이 가라앉았다.

"악양을…… 떠나실 생각이세요?"

"그럴까 생각 중이오."

"이유를 물어봐도 될까요?"

황세경의 질문에 이심환이 얼굴을 찌푸렸다. 한 달 전에 철장방을 노리던 이들에게 생각이 닿은 게다.

"전에 우리 철장방을 노렸던 이들을 기억하시오?"

"예. 어? 그럼 혹시 그들이……."

"그렇소. 아무래도 지난번 일이 끝이 아닐 것 같소."

황세경이 심각한 얼굴로 이심환을 쳐다봤다.

"그래서…… 악양을 떠나실 생각이신가요?"

"아무래도 그래야 할 것 같소,"

"하지만 악양은……."

이심환이 고개를 저었다.

"어쩔 수 없지 않겠소. 내가 홀몸이라면 모를까, 당신도 있고 당신 배 속의 아이도 있고. 아무래도 그게 맞는 것 같소."

이심환이 말을 끝내자 황세경은 난감하다는 얼굴을 했다. 그러나 오래지 않아 입술을 질끈 깨물었다.

"상공께서 내키지 않으시면, 굳이 그러실 필요는 없어요."

황세경의 반응을 기다리던 이심환이 눈을 동그랗게 떴다.

"그게 무슨 말이오?"

"저는 상공께 시집을 온 이후로 철장방의 사람입니다. 제 배 속의 아이는 태어나기 전부터 철장방의 사람이지요. 상공께서 어떤 선택을 하시든 그저 따를 뿐입니다. 불만을 가지지 않아요."

이심환의 두 눈도 덩달아 가라앉았다.

"정말 후회하지 않을 거요?"

"물론입니다."

"부인은 그렇다 쳐도 우리 아이는 나를 원망할지도 모르는데?"

"그러지 않을 겁니다."

"어떻게 그렇게 확신하시오? 이제 막 세상에 나오려는데, 그러지 못하게 된다면 억울해서 눈도 못 감을 것 같은데."

황세경이 살포시 웃었다.

"적어도 우리와 함께 가는 거잖아요. 저 세상에서라도 이
승에서 못 했던 걸 다 하게 해 줘야죠."

황세경의 말에 이심환이 고개를 끄덕였다. 그리고 그 순
간 마음을 정했다.

"굳이 저 세상에 갈 이유는 없소. 이승에서 합시다. 마음
이 조금만 불편하면 될 일이오."

"하지만 상공……."

이심환이 고개를 저었다.

"더 말하지 마시오. 이게 맞는 거요."

그 말에 황세경이 입을 다물었다. 황세경의 눈에는 미안
함이 가득했다.

"대체 뭔 생각으로 한 짓이야?"

모용기가 명진을 노려보며 물음을 던졌으나, 오히려 명
진은 덤덤한 얼굴로 고개를 저었다.

"아무 생각 없다."

모용기가 얼굴을 와락 구겼다.

"그게 문제라고. 생각 좀 하고 살라고. 살다 살다 너처럼
생각 없는 자식은 처음 본다, 내가."

모용기가 짜증을 냈다. 그러나 명진은 모용기와 다툴 생각이 없는지 휙 고개를 돌려 버렸다.

무시당했다 생각한 모용기가 눈썹을 꿈틀거리자, 제갈연이 얼른 끼어들며 그를 말렸다.

"그만하세요. 명진 도장도 좋은 뜻으로 남은 건데……."

"좋은 뜻은 개뿔. 네가 아직 잘 모르나 본데, 쟤가 가면 될 일도 안 돼. 성질머리가 더러워서 누가 조금만 건드려도 참을 줄을 모른다니까? 지금 우리가 아쉬운 소리 하러 가는 건데 쟤가 도움이 되겠어? 방해나 안 되면 다행이지."

"그래도…… 다른 곳도 아니고 당가잖아요. 무슨 일이야 있겠어요?"

제갈연이나 명진이나 목적지가 당가라고 철석같이 믿고 있었다.

한데 난감한 얼굴을 하는 모용기의 모습에 제갈연이 고개를 갸웃거렸다.

"왜 그래요? 내 말이 틀렸어요?"

"음. 그게……."

"그게 뭐요?"

모용기가 잠깐 고민을 했다. 그러나 어차피 알게 될 일이다. 그럴 바엔 차라리 미리 알고 마음의 준비를 하는 게 더 도움이 될 수도 있었다.

마음을 정한 모용기가 마차 밖을 살폈다. 양소삼이 붙여 준 개방도가 마부석에 자리한 것 외에는 근처에 아무도 없었다.

그제야 모용기가 제갈연을 쳐다봤다.

"그게 말이지."

"말하세요."

그리고 이제는 명진도 관심을 드러냈다.

"내가 모르는 다른 일도 있는 건가?"

모용기가 고개를 끄덕였다.

"어."

"그게 뭔가?"

모용기가 명진과 제갈연을 번갈아 가며 쳐다보다가 결국 한숨을 내쉬며 말했다.

"우린 당가로 안 가."

모용기의 말에 명진이 미간을 좁혔다.

"하지만 제갈 소저를 고치려면……."

"어차피 거기 가 봤자 못 고쳐. 거긴 독왕이 없거든."

명진이 저답지 않게 당황한 기색이 역력했다.

"그게 무슨 말이냐? 독왕이 없다니? 그럼 연아는 어쩌라고?"

차근차근 설명하려던 모용기가 문득 제갈연을 쳐다봤다.

"근데 넌 차분하네?"

제갈연은 당황할 법도 했는데 멀뚱멀뚱 쳐다보기만 했

다. 마치 제 얘기가 아니라 남의 얘기를 듣는 듯한 얼굴이
었다.

"차분하면 안 되나요?"

"아니 그건 아니고. 근데 이건 네 얘긴데……."

제갈연이 생긋 웃었다.

"어차피 저 고치러 간다면서요? 다만 그게 당가가 아닐
뿐인 거죠. 그래도 결론은 같잖아요. 목적지만 바뀌는 건데
굳이 당황할 이유가……."

모용기가 히죽 웃었다. 큰 짐을 덜어 냈다는 얼굴이다.

"네 말이 맞아. 어차피 변하는 건 없으니까. 안 그래도 이
걸 어떻게 말해야 하나 고민했는데…… 잘됐다. 우리 패천
성주 만나러 가."

"그러니까요. 어차피 저 고치러 가는 건 똑같은데 독왕이
나 패천성주나 무슨 상관…… 응?"

여전히 헤실거리던 얼굴로 대꾸하던 제갈연의 얼굴에서
한순간 핏기가 쏙 빠져나갔다.

"어? 어? 너 갑자기 왜 그래? 또 독이 발작한 거야?"

입술을 푸들푸들 떨던 제갈연이 그제야 정신을 차리며
고개를 저었다.

"아니, 그게 아니고요."

"근데 갑자기 왜 이래? 진짜 어디 아픈 거 아니야?"

"아뇨, 아뇨. 진짜 괜찮아요. 그보다 지금 우리가 누구를

만나러 간다고요?"

"응? 조금 전에 들었잖아?"

"아, 그게 워낙 순식간에 지나간 일이라…… 제가 잘못 들은 것 같아서요."

"잘못 듣긴 뭘 잘못 들어? 제 입으로 말까지 해 놓고는."

픽 웃던 모용기가 이내 당당한 얼굴로 다시 말했다.

"우리 패천성주 만나러 가."

"아, 그러니까 패천성주……."

그리고는 제갈연이 까무룩 넘어갔다. 모용기가 당황하며 제갈연을 붙잡았다.

"아이고, 연아야! 정신 좀 차려 봐! 정신 좀 차려 보라고!"

모용기가 호들갑을 떨었다.

명진은 모용기를 미친놈 쳐다보듯 하며 중얼거렸다.

"정신 나간 자식."

"누구라고요?"

"패천성주."

"아니, 그러니까 누구요?"

"패천성주라고."

"아니, 아니. 진짜 누구요?"

정신을 차린 제갈연이 계속 같은 질문을 했다. 여전히 믿을 수가 없다는 얼굴이었다.

패천성주는 만나고 싶다고 해서 만날 수 있는 사람이 아니었기 때문이다.

그래서 몇 번이나 같은 질문을 반복하는데, 어지간해선 그녀에게 화를 내지 않던 모용기의 얼굴에서 짜증이 묻어났다.

"몇 번을 말해? 패천성주라고! 패천성주! 패천성주 철비웅! 이제 됐지?"

"왜 소리를 질러요? 지금 화를 내야 할 사람이 누군데!"

"내가 몇 번을 말했어? 패천성주라고. 했던 말 또 하고, 했던 말 또 하고 하니까 그런 거잖아. 그리고 네가 왜 화를 내? 이게 지금 나 좋자고 하는 짓이야? 너 때문에 하는 거잖아."

"그래도 물어보기는 했어야죠! 아무 생각 없이 따라나섰는데 갑자기 패천성주라니…… 패천성주라니! 모용 공자는 이게 이해가 돼요? 화 안 나게 생겼어요?"

"이해가 안 될 건 또 뭐야? 그냥 가서 만나면 되는 거지."

"말이 되는 소리를 하세요! 패천성주를 만나는 게 그렇게 쉬워요? 모르긴 몰라도 황제를 만나는 것만큼이나 어려울지도 몰라요."

모용기가 픽 웃었다.

"농담도 참. 황제를 어디에 가져다 붙여? 비교할 걸 비교해야지."

"말이 그렇다는 거잖아요, 말이! 어쨌건 무슨 수로 패천성주를 만날 건데요? 그리고 어떻게 운이 좋아서 패천성주를 만났다고 한들, 뒷감당은 어떻게 하려고요? 정무맹에서 우릴 죽이려고 들지도 몰라요!"

제갈연이 열변을 토해 냈다. 그러나 모용기는 대수롭지 않다는 얼굴로 대꾸했다.

"안 걸리면 돼, 안 걸리면. 그러라고 개방이 따라붙은 거잖아."

"개방이 이걸 무슨 수로 감당해요? 지켜보는 눈이 몇 갠데. 얼마 지나지 않아서 중원 천지에 소문이 쫙 돌걸요? 정말 어쩌려고 이러는 거예요?"

"그럼 어쩌자고? 널 살릴 방법이 그것뿐이라는데, 나보고 어쩌라는 건데? 그냥 다 때려치우고 두고 보기만 해? 그러다가 너 죽고 나면 나도 따라서 죽고? 그러면 만족하겠어?"

흥분한 얼굴로 모용기를 다그치던 제갈연이 움찔했다. 그리고는 조금은 누그러진 눈으로 모용기를 쳐다봤다.

"모용 공자가 죽긴 왜 죽어요? 나만 죽으면 되지."

모용기는 고개를 절레절레 저으며 입을 다물었다. 그리고는 조금 시간이 지난 후에 다시 말했다.

"걱정할 것 없어. 내가 알아서 할게. 다 고쳐서 오래오래 살도록 만들어 줄 테니까 나만 믿고 따라오면 돼."

이번에는 제갈연이 입을 다물었다. 저도 모르게 모용기의 시선을 피하더니 손가락을 꼼지락거렸다. 제갈연과 모용기 사이에서 어색한 분위기 맴돌았다.

그리고 어느 정도 눈치는 있던 명진 역시 가만히 입을 다물었다.

그들이 탄 마차 내부에는 한동안 달그락거리는 소리만 간간이 들릴 정도로 침묵이 유지됐다.

그리고 그 침묵이 깨진 것은 양소삼이 붙여 준 개방도가 마차 문을 벌컥 연 이후였다.

어색한 분위기를 견디지 못한 제갈연이 냉큼 질문했다.

"뭐죠?"

"이제 마차를 갈아타야 합니다. 그 전에 이걸로 갈아입으시죠."

개방도가 건넨 것은 농민이나 입을 법한 조금은 남루해 보이는 옷가지였다.

그제야 명진과 제갈연도 실감이 난다는 얼굴이었다.

"진짜로 가는가 보군."

"그, 그러게요."

모용기가 픽 웃었다.

"난 빈말은 안 한다니까."

161

"그런 말이 입에서 나와요? 지금 그게 할 말이에요?"

"틀린 말은 아니잖아. 그보다 옷이나 갈아입어."

그리고는 모용기가 명진을 잡아끌었다.

"왜?"

"나가자고. 쟤 옷 갈아입어야 할 거 아냐. 설마…… 나도 못 본 걸 네가 먼저 보겠다는 건 아니겠지?"

제갈연이 빠직했다.

"그걸 왜 모용 공자가 봐요? 안 보여 줄 거예요."

모용기가 음흉한 얼굴을 했다.

"진짜? 아닐걸? 결국엔 다 보게 될걸?"

제갈연이 얼굴을 와락 구겼다.

"시끄러워요! 안 보여 준다고요! 얼른 나가기나 해요!"

제갈연이 마차에서 내리자 다른 이들이 마차에 오르더니 가던 길을 그대로 갔다.

그 모습을 물끄러미 쳐다보고 있는데, 사십 대처럼 보이는 강인한 얼굴의 남자가 다가와 자신을 소개했다.

"박강진. 기억해 두게."

모용기가 박강진을 돌아봤다.

"본명이세요?"

"그럴 리가 있겠나. 그랬다간 오래 살지 못하겠지."

모용기가 입을 헤벌렸다. 그리고는 서른 후반에 포근해

보이는 인상의 여자에게로 시선을 돌렸다.

"아주머니는요?"

"이영화라고 합니다."

"아주머니도 본명이 아니죠?"

이영화는 말없이 미소만 보였다.

모용기는 고개를 끄덕이더니 다시 말했다.

"말씀 편하게 하세요. 어차피 한동안 같이 지내야 할 텐데."

"그럴까?"

"네. 그게 저희도 편해요."

"그러자꾸나."

이영화가 고개를 끄덕이자 박강진이 앞으로 나서며 모용기, 명진, 제갈연을 차례로 가리켰다.

"박일방, 박이문, 박삼화. 당분간 너희들의 이름이다. 기억해 둬라."

모용기가 미간을 좁혔다.

"너무 대충 지은 것 아닙니까?"

"그럼 네가 직접 지어 보든가. 적극 반영하지."

그 말에 눈을 또르르 굴리며 고민하는 듯 보이던 모용기가 이내 히죽 웃으며 손가락으로 자신을 가리켰다.

"송옥? 반안?"

멀뚱멀뚱 쳐다보던 박강진이 픽 하고 웃음을 흘렸다. 모용기가 기분이 나쁘다는 얼굴을 했다.

"뭡니까? 그 웃음은?"

"그냥 일방으로 하자."

"에이 씨."

모용기가 얼굴을 찡그리며 투덜거렸다.

그러나 불만이 있는 것은 명진도 마찬가지였다.

명진이 모용기를 가리켰다.

"왜 얘가 일방이고 제가 이문입니까?"

서열에서 밀린 것이 못마땅했던 게다.

그러나 박강진은 당연하다는 듯한 말투로 대꾸했다.

"애 키가 더 크다."

명진이 얼굴을 찡그리며 한발 물러섰다. 불만스러웠지만
마땅히 반박할 말이 없었던 탓이다. 괜히 억울하기만 했다.

입을 다물고 있던 제갈연은 그제야 나섰다.

"그 외에 저희가 알아야 할 게 또 있나요?"

박강진이 고개를 끄덕였다.

"어지간해선 참을 것. 분란을 만들어 봐야 불리해지는 건
너희들이니까."

제갈연이 고개를 끄덕였다.

"또 있나요?"

박강진이 고개를 모로 기울였다.

"아무래도…… 얼굴을 좀 고쳐야겠군. 넌 너무 예쁘고, 명
진이란 저 아이는 너무 싸늘하다. 그래서는 어딜 가나 눈에

띌 수밖에 없지."

"방법이 있나요?"

제갈연의 질문에 박강진이 이영화를 돌아봤고, 그녀는
봇짐 하나를 들어 올려 보이더니 제갈연과 명진을 향해 손
짓했다.

"두 사람은 이리 와. 내가 한번 만져 볼게."

이영화가 명진과 제갈연을 이끌고 마차로 들어갔다.

멀뚱멀뚱 쳐다보던 모용기가 깜빡했다는 얼굴로 박강진
을 쳐다봤다.

"나는요? 나는 안 해도 돼요? 나도 어디 가면 잘생겼다는
말 많이 듣는데."

박강진이 다시 한 번 고개를 모로 기울였다. 그러나 오래
지 않아 고개를 젓고 말았다.

"자네는 흙이나 좀 묻히게. 그걸로 충분할 것 같아."

모용기가 얼굴을 구겼다.

"에이 씨."

제갈곡이 온갖 미사여구를 곁들인 서찰을 보내 홍소천을
초대하려 했다.

그러나 홍소천의 회신에는 딱 한마디만 적혀 있었다.

네가 와라.

제갈곡이 얼굴을 와락 구겼다.

그러나 아쉬운 것은 자신이다. 산더미처럼 쌓인 일을 처리하느라 무거워진 엉덩이를 억지로 들어 개방을 찾을 수밖에 없었다.

제갈곡과 독대를 한 홍소천이 쯧 하고 혀를 찼다.

"그냥 오면 될 것을 뭘 그리 쓸데없는 짓을 한 건가?"

"그거 쓰느라 시간 오래 걸렸습니다."

"내 말이. 길어서 읽는 것도 짜증 나던데 뭣하러 그 짓을 해?"

제갈곡이 어이가 없다는 얼굴을 했다.

글과 문장으로 극찬을 받는 자신이었다. 그런데 홍소천은 시간 낭비 취급을 했던 게다.

그래서 잠시 할 말을 잃고 멀뚱멀뚱 쳐다보는데 홍소천이 쐐기를 박았다.

"앞으로는 세 줄 이내로 용건만 간단히. 무슨 말인지 알겠지?"

제갈곡이 끙 하고 앓는 소리를 냈다.

"알겠습니다. 그래도 면이라도 좀 살려 주시지 그랬습니까?"

다른 것보다 그 점이 섭섭했다. 거리가 멀면 모를까 엎어지면 코 닿을 거리에 있는 것이 개방과 정무맹이다. 기껏

공을 들여 편지를 썼는데 매몰차게 거절당한 것이 못내 섭섭했던 게다.

그러나 홍소천은 고개를 저었다.

"거긴 눈과 귀가 너무 많아. 무슨 말을 할 수가 있어야지."

홍소천의 말에 제갈곡이 눈을 반짝였다.

"제가 모르는 뭔가가 있는 겁니까?"

그 순간 홍소천이 얼굴을 불쑥 들이밀었고, 고약한 냄새가 제갈곡을 훅 덮쳤다.

그에 얼굴을 찌푸리려 했으나, 진지해진 홍소천의 얼굴을 확인하고는 마른침을 꿀꺽 삼킬 수밖에 없었다.

홍소천이 목소리를 낮췄다.

"자네 조카가 다친 건 자네도 알지?"

제갈곡이 고개를 끄덕였다.

"그 때문에 제가 방주님을 찾은 것 아니겠습니까? 대체 어떻게 된 일입니까?"

"어떻게 되긴. 자네도 알 것 아닌가? 육경사의 독에 당한 게야. 아주 고약하지."

"으음……."

제갈곡이 신음을 흘렸다. 그러나 이내 생각을 정리하며 다시 질문했다.

"독왕은? 독왕은 고칠 수 있습니까? 확실한 겁니까?"

"그건 나도 몰라."

그 말에 제갈곡이 흥분했다. 꾹꾹 눌러 담았던 것이 드디어 터진 게다.

"그게 무슨 말입니까? 그런 확신도 없는데 뭣하러 당가에……."

그러나 홍소천은 차갑게 잘랐다.

"목소리 낮춰. 지금 그 얘기를 하자고 부른 것 아닌가. 다 소문낼 심산이야?"

얼굴을 붉게 물들인 채 씩씩거리던 제갈곡이 얼굴을 찡그렸다. 그러나 곧 크게 심호흡을 하며 어렵사리 마음을 다스렸다.

"죄송합니다. 제가 잠시 흥분했습니다."

"신경 쓰지 말게. 이해하니까. 나라도 우리 무결이가 그랬다면 자네랑 똑같았을 게야."

"감사합니다."

"그럴 것 없대도."

고개를 젓던 홍소천이 다시금 진지한 얼굴을 했다.

"다시 말하지만, 독왕이 그 아이를 살릴 수 있는지 없는지는 나도 몰라. 왜냐하면 지금 당가에는 독왕이 없거든."

"네? 그게 무슨 말입니까? 서신에는 분명히……."

"그거야 당화기가 다른 놈들 속이느라 한 말이고. 당가에 독왕은 없어."

"그럼 우리 연아는 어디에 있는 것입니까? 심각한 상태라고 봤는데 그 몸으로 어딜 간단 말입니까?"

"어디긴 어디야? 제 살길 찾아간 게지."

제갈곡이 얼굴을 찌푸렸다.

"그러지 마시고 알아들을 수 있게 차근차근 설명해 주십시오. 이러다가 복장이 터지겠습니다."

홍소천이 끙 하고 앓는 소리를 내더니 목소리를 더 낮췄다.

"자네 조카 패천성에 보냈네."

"예?"

제갈곡이 눈을 부릅떴다. 그러나 오래지 않아 짚이는 것이 있던지 심각한 얼굴을 했다.

"괴의를 찾으라고 한 것이군요."

"그래. 당화기는 괴의가 아니면 손도 쓰지 못할 거라 했다더군."

"상세가 생각보다 더 심각한가 보군요."

"그래. 그래서 모용기 고놈이 용봉관도 포기하고 패천성으로 향한 게 아닌가. 자네 조카를 살리려고."

"그 아이에게는 빚이 너무 많군요."

"알면 잘해. 다 기억해 뒀다가 이자까지 쳐주라고."

홍소천이 농담처럼 말했다. 그러나 제갈곡은 생각이

복잡한지 미처 대꾸하지 못했다.

그 심정을 충분히 이해할 수 있었던 홍소천은 더 말을 하지 않고 물끄러미 쳐다보기만 했다.

그런데 제갈곡이 얼마 지나지 않아 자리를 박차고 일어섰다.

"이, 이런! 비연각주!"

"이놈아! 왜 소리를 질러?"

대뜸 소리를 지르는 제갈곡 탓에 홍소천이 얼굴을 와락 구겼으나, 뒤이어 그의 얼굴은 더없이 심각해졌다.

제갈곡이 장무생과 있었던 일을 자세히 풀어냈던 게다.

"무생이 그놈이 그랬다고?"

"그렇습니다. 이걸 내버려 두면 일이 복잡해집니다."

"그 정도면 다행이게? 내버려 두면 우리는 손도 못 쓰겠구만."

"제 생각도 그렇습니다. 아이들이 패천성으로 향한다는 것을 터트리기라도 한다면 속수무책입니다. 정무맹 전체가 그 아이들을 노릴 겁니다."

홍소천이 얼굴을 찡그렸다.

"망할. 조용히 넘어갈 가능성은 없는 게지?"

"방주님도 아시지 않습니까? 비연각이 개방의 천리단에 비해 조금 처진다고 해도 큰 차이는 아닙니다. 작정하고 들러붙으면 모를 리가 없습니다."

"어떻게, 방법이 없겠나?"

제갈곡이 버릇처럼 손가락으로 탁자를 톡톡 두드렸다.
그리고는 한참 후에야 어렵사리 입을 열었다.

"아무래도…… 장 각주를 치워야겠습니다."

"역시 그렇지?"

"예. 그것 말고는 방법이 없으니까요."

"맹주에게 줘야 할 대가가 비쌀 텐데?"

"하여 방주님의 도움이 필요합니다."

"뭔가? 뭘 넘길 건가?"

"금화각."

홍소천이 끙 하고 앓는 소리를 냈다.

정무맹에 필요한 물자를 담당하는 금화각은 돈이 되는
곳이었기 때문이다.

"그 방법밖에 없는 건가?"

"그 정도가 아니면 맹주는 움직이지 않을 겁니다."

홍소천이 잠시 고민하더니 결국은 고개를 끄덕이고 말았
다.

"알겠네. 그렇게 하세."

제갈곡이 조심스런 얼굴로 다시 질문했다.

"다른 장로님들은……."

"걱정하지 말게. 내가 알아서 하지. 그러나 금화각 전부는 안 되네. 딱 절반. 그 이하면 더 좋고."

제갈곡이 고개를 끄덕였다.

"알겠습니다."

"노숙, 노숙, 노숙⋯⋯."

마부석에 박강진과 함께 앉아 있던 모용기가 불만스런 얼굴로 투덜거렸다.

그러나 박강진은 태연한 얼굴로 되받아쳤다.

"그럼 어쩌자는 건가? 민가가 없는데. 정 싫으면 자네가 집이라도 한 채 뚝딱 만들던가."

"그게 안 되니까 그러죠. 이러다가 우리 연아 탈이 날지도 모르는데."

모용기가 이영화의 다리를 베고 고이 잠들어 있는 제갈연을 돌아봤다.

많이 좋아졌다고는 하지만 아직도 깨어 있는 시간보다 잠들어 있는 시간이 더 길었다.

게다가 지붕도 없는, 마차라기보다는 수레에 가까운 이동수단이라서 밤이슬을 그대로 맞아야 했으니 신경이 더 쓰일 수밖에 없었다.

"너무 그렇게 걱정하지 말게. 그래도 아직은 날씨가 좋지 않은가? 다행히 비도 안 내리고."

"그렇긴 한데……."

"조금만 참게. 하루 이틀만 더 가면 곧 민가가 보일 걸세."

그럼에도 모용기는 여전히 불만이 많아 보이는 얼굴이었으나, 이내 어쩔 수 없다는 얼굴로 고개를 끄덕였다.

그리고는 고개를 휘휘 젓더니 화제를 돌렸다. 더 생각해 봐야 속만 쓰릴 뿐이니까.

"근데 생각보다 조용하네요. 모르는 사람이 보면 패천성의 영역이라고는 생각도 못 하겠어요."

"원래 사파의 영역이 정파의 영역보다 치안이 더 좋네."

모용기가 눈을 동그랗게 떴다.

"그건 또 무슨 말입니까?"

"그게 참 웃긴 게…… 사파 놈들은 제 것을 뺏기는 것을 죽는 것보다 더 싫어하지. 그래서 강도짓을 하더라도 다 허락을 구하고 상납을 해야 한다네. 그러니 어떤 미친놈이 여기서 그딴 짓을 하겠나? 그걸 강도라고 할 수나 있겠나?"

모용기가 어이가 없는지 헛웃음을 흘렸다.

"헐. 그럼 오히려 살기가 좋은 거 아닌가요?"

그러나 박강진은 고개를 저었다.

"그건 또 아니야. 그놈들이 부리는 패악질이 만만치 않으

173

니까. 크게 보면 정파의 영역이나 사파의 영역이나 사는 게 거기서 거기지만, 사파의 영역에선 항상 눈치를 봐야 하니 사는 게 더 어렵다고 느껴지는 게지."

그 말을 들은 모용기가 쩝 하고 입맛을 다셨다.

"확실히 어딜 가나 사는 게 쉽지 않은 건 마찬가지네요."

박강진이 이상하다는 눈으로 모용기를 쳐다봤다.

모용기가 박강진을 보며 질문했다.

"왜 그렇게 보세요?"

"아니, 애가 할 말은 아닌 것 같아서. 그런 말은 나이 오십 먹은 중늙은이나 할 법한데……."

모용기가 픽 웃었다.

그리고는 크게 기지개를 켰다.

"신경 쓰이는 게 없으니까 조용해서 좋긴 한데, 그래도 심심하긴 하네요. 이럴 때 강도라도 하나 튀어나오면……."

말을 하던 모용기가 갑자기 눈매를 좁혔다.

박강진이 의아하다는 눈으로 모용기를 쳐다봤다.

"자네, 갑자기 왜 그러나?"

그러나 박강진의 질문은 묻힐 수밖에 없었다.

뒤에 타고 있던 명진이 자리에서 벌떡 일어섰기 때문이다.

오래지 않아 숲속에서 사내 둘이 번개같이 튀어나오더니 칼을 빼어 들고 길을 막아섰다.

"이놈들! 죽기 싫으면 가진 것 다 내놓거라!"

"내놓거라!"

박강진이 모용기를 쳐다봤다. 모용기가 왜 그러느냐는 얼굴로 박강진을 쳐다봤다.

박강진이 입을 열었다.

"자네는 앞으로 입 다물게."

그 말에 끙 하고 앓는 소리를 낸 모용기가 긴장감 없는 얼굴로 명진을 돌아봤다.

"네가 할래, 내가 할까?"

명진이 검을 뽑으며 수레에서 훌쩍 뛰어내렸다.

"내가 한다."

모용기가 긍정의 의미로 어깨를 들썩이는데 박강진이 질문했다.

"무공을 익힌 놈들 같은데 저 아이 혼자서 괜찮겠나?"

모용기가 애매하다는 눈으로 길을 막고 있는 사내들을 쳐다봤다. 그러다가 갑자기 눈을 동그랗게 떴다.

"어라?"

"왜 그러나?"

모용기가 눈매를 좁혔다.

"어째 낯이 익은 것 같은데."

그 말에 박강진이 고개를 갸웃거렸다. 패천성이 있는 복건과 모용세가가 있는 요동은 극과 극이라 할 수 있을 정도로 거리가 멀었기 때문이다.

경험이 풍부한 강호의 노고수라면 모를까, 아직 어린 모용기가 복건에 아는 사람이 있을 리가 없다고 생각한 게다.

"그럴 리가 없을 텐데."

그러나 모용기는 이미 자리를 털고 일어섰다.

모용기가 명진의 어깨를 툭 쳤다. 명진이 모용기를 쳐다봤다.

"왜?"

"비켜 봐. 아무래도 아는 얼굴 같아서."

명진이 의아하다는 얼굴로 모용기를 쳐다봤다. 박강진과 같은 생각을 한 게다.

그러나 모용기는 이미 명진을 밀치고 앞으로 나섰다.

모용기가 둘 중 덩치가 좀 더 큰 사내를 쳐다보며 말했다.

"아저씨, 혹시 나 알아요?"

덩치 큰 사내가 얼굴을 구겼다.

"이놈! 그게 무슨 헛소리냐? 헛소리하지 말고 가진 것이나 다 내놓거라!"

쩌렁쩌렁한 목소리에 나뭇가지가 우수수 떨리는 듯했다. 제법 경지에 오른 내가고수였다.

명진이 긴장한 얼굴로 검을 고쳐 잡았다.

그러나 모용기는 연신 고개를 갸웃거리기에 바빴다.

"아닌데. 분명히 낯이 익은데."

모용기가 다시 질문했다.

"아저씨, 이름이 뭐예요?"

"이놈이 보자 보자 하니까!"

덩치 큰 사내가 더는 참지 못하고 살기를 흘렸다. 그런데 기세가 제법 사나웠는지 명진과 박강진 등이 움찔하고 몸을 떨었다.

그러나 모용기는 여전히 헤실거리는 얼굴로 긴장감이 없었다.

"이름이나 좀 알자는데 뭘 그렇게 흥분하고 그래요? 거, 이렇게 만난 것도 인연인데 이름이나 좀 압시다."

덩치 큰 사내가 이를 갈았다.

"재물이나 뺏고 살려 주려 했더니. 관을 봐야 눈물을 흘릴 놈이로구나."

옆에 있던 사내가 촐싹거리며 말을 받았다.

"맞습니다, 형님. 저런 시건방진 자식은 일단 두들기고 얘기를 해야 하는 겁니다."

그런데 모용기가 다시 한 번 고개를 갸웃거렸다.

"어라? 그것도 어디서 많이 듣던 소린데? 아저씨, 혹시 아저씨도 나 알아요? 아저씨는 이름이 뭔데요?"

크게 기대는 하지 않고 던진 질문이었다.

그런데 이번에는 반응이 달랐다. 상대적으로 덩치가 작았던 사내는 기다렸다는 듯이 배를 불쑥 내밀더니 어깨를 폈다.

"이놈아, 귓구멍 후벼 파고 잘 듣거라. 이 몸이 바로 복건야차 장혁진이다. 꼭 기억해 두거라."

자신을 장혁진이라 소개한 사내의 말을 들은 모용기가 픽 하며 웃음을 흘렸다. 강호초출이라는 것을 바로 알아봤기 때문이다.

강호에서 제법 굴러먹은 이들은 저딴 촌스러운 별호를 저렇게 자랑스럽게 떠벌리고 다니지는 않는다.

"알고 보니 장 씨 아저씨였군요. 장 씨 아저씨, 근데 진짜 나 몰라요? 아무래도 낯이…… 어라?"

명진이 모용기를 쳐다봤다.

"또 왜 그러나?"

모용기가 손을 내저었다.

"가만 좀 있어 봐. 생각날 듯 말 듯 하니까."

모용기가 얼굴을 찡그리며 머리를 긁적였다. 머릿속에서 희미한 무언가가 잡힐 듯 말 듯 그를 괴롭혔기 때문이다.

'장혁진? 장혁진? 이걸 내가 어디서 들어 봤더라? 분명히 아는 이름인데…….'

그러나 모용기는 더는 생각을 이어 갈 수가 없었다. 덩치 큰 사내는 더 이상 두고 보지 못하겠는지 도를 뽑아 들고 한 걸음 앞으로 나섰기 때문이다.

"마지막으로 경고하겠다. 가진 것을 다 내놓든지, 아니면 이 자리에서 죽을 것인지. 선택하거라."

도 끝에 걸린 고리 두 개가 유난히 짤랑거렸다. 그게 거슬렸는지 무심코 얼굴을 찡그리던 모용기가 한순간 두 눈을 부릅떴다.

"어? 그거……."

드디어 생각났다. 모용기가 이를 갈았다.

"막수광 이 개자식아!"

모용기가 번쩍 검을 뽑았다.

막수광이 화들짝 놀랐다.

"어떻게 내 이름을…… 으헛!"

그러나 의문을 풀 새도 없이 기겁을 하며 도를 들 수밖에 없었다. 순식간에 거리를 좁힌 모용기가 시퍼런 검기를 뽑아낸 채 일도양단의 기세로 찍어 내렸기 때문이다.

쾅!

"큭!"

막수광이 긴 선을 남기며 주르륵 밀려났다. 급하게 뽑은 도기로 모용기의 검기를 받아 내기에 무리였다. 머리가 핑 돌더니 속이 메슥거렸다.

"제길……."

"제길은 개뿔! 죽어, 이 새끼야!"

모용기가 검기를 세운 검을 망치처럼 내리쳤다. 막수광이 이를 악물고 도기를 세웠다.

쾅!

막수광이 충격으로 몸을 들썩였다. 핏기가 빠져나간 얼굴은 새파랗게 보일 정도로 창백했다.

그러나 모용기는 여전히 마음에 들지 않는다는 얼굴로 계속 검을 내리쳤다.

"어쭈. 그걸 막아?"

쾅!

"또 막네?"

쾅!

"계속 막는다 이거지?"

쾅!

"윽. 우웩."

결국 막수광이 더는 버티지 못하고 피를 왈칵 토했다.

"혀, 형님!"

바짝 얼어 있던 장혁진이 그제야 정신이 들었는지 모용기를 향해 급하게 몸을 날렸다.

"멈춰!"

다시 한 번 검을 내려치려던 모용기가 장혁진을 힐끗

돌아봤다. 그리고는 수평으로 검을 휙 그었다.

막수광이 기겁을 했다.

"숙여!"

막수광의 외침에 장혁진이 반사적으로 허리를 접었다.

서걱!

단정하게 묶어 뒀던 머리카락이 뭉텅 잘려 나가더니 스르륵 흘러내렸다.

식은땀을 흘리던 장혁진이 슬며시 고개를 돌렸다. 양팔로도 감싸기 어려워 보이는 나무가 그그긍 소리는 내며 흘러내렸다.

쿠웅!

육중한 소리를 내며 나무가 쓰러지자 사방에서 새떼가 푸드득 하며 날아올랐다.

두 눈을 끔뻑거리며 쓰러진 나무를 한참이나 쳐다보던 장혁진이 이내 화들짝 놀라며 모용기를 쳐다봤다.

모용기가 못마땅하다는 눈으로 장혁진을 노려봤다.

"왜 피하고 지랄이야, 귀찮게. 그냥 뒈지면 될 걸 꼭 칼질두 번 하게 만들지."

장혁진의 얼굴에서 핏기가 가셨다. 뻣뻣하게 굳은 근육으로 인해 꼼짝도 하지 못했다.

막수광이 이를 악물었다. 그리고는 최대한 기척을 죽이며 도를 들었다. 그러나 무언가를 시도해 보기도 전에 급하게 숨을 들이켰다.

"헙!"

모용기의 검 끝이 막수광의 눈앞을 어지럽혔던 게다.

모용기가 역수로 검을 쥔 채, 막수광을 쳐다보지도 않고 말했다.

"뒈지기 싫으면 가만있는 게 좋지 않을까? 나라면 그럴 텐데."

막수광의 눈동자가 사정없이 흔들렸다.

느릿하게 뒤돌아선 모용기가 막수광의 도를 휙 쳐냈다.

챙그랑!

흙바닥에 나동그는 자신의 도를 보며 막수광의 눈빛이 암담해졌다.

그 순간 모용기가 무릎을 세웠다.

퍽!

"컥!"

정통으로 턱을 얻어맞은 막수광이 그대로 무너졌다. 그 모습을 물끄러미 쳐다보던 모용기가 문득 장혁진을 향해 시선을 돌렸다.

"야."

"예, 예?"

장혁진 바짝 긴장하며 대답하자, 모용기가 쓰러진 막수 광을 돌아보며 손짓했다.

"저거 들고 따라와."

"예?"

장혁진이 당황한 얼굴로 되물었다. 모용기가 얼굴을 구겼다.

"저거 들고 따라오라고. 그리고 한 번만 더 두 번 말하게 하면 니들 모가지부터 따 버린다. 알아들었어?"

"예. 예."

장혁진이 정신없이 고개를 끄덕였다.

멀리서 지켜보던 박강진이 마른침을 꿀꺽 삼켰다.

"뭔 놈의 강도 새끼가 도기를⋯⋯."

박강진이 황당하다는 얼굴을 했다. 그러나 막수광보다 더 황당한 놈이 모용기였다.

"저놈은 뭘 처먹었길래 저 나이에 검기를 뽑아?"

강하다는 얘기를 듣긴 했지만 그게 검기를 뽑을 정도인 것은 몰랐던 게다.

게다가 도기를 뽑는 고수까지 손쉽게 요리했으니 적어도 홍소천 급의 고수라는 뜻이기도 했다.

눈을 동그랗게 뜨고 쳐다보던 박강진이 한순간 찜찜한 얼굴로 이영화를 돌아봤다.

"이보게. 내가 뭐 잘못한 거 없겠지?"

박강진과 마찬가지로 눈을 휘둥그레 뜨고 쳐다보던 이영화는 박강진을 쳐다보며 애매하다는 얼굴을 했다.

"글쎄요."

박강진이 불안한 얼굴로 잠시 기억을 되짚었다. 그때 볼 일을 마친 모용기가 박강진의 옆에 털썩하고 엉덩이를 걸쳤다.

박강진이 움찔하며 모용기를 쳐다봤다.

모용기가 뻐딱한 얼굴로 박강진에게 말했다.

"왜 그렇게 쳐다봐요? 내 얼굴에 뭐 묻었어요?"

박강진이 냉큼 고개를 저었다.

"아니 그게 아니고……"

"근데 왜 그런 얼굴로 쳐다봐요. 사람 기분 나쁘게."

박강진이 다시 한 번 몸을 떨었다. 그러나 냉큼 준비했던 말을 꺼냈다.

"아니 그게 아니고. 자네 이렇게 보니까 잘생긴 것 같아서. 그날은 어두워서 잘 안 보였나 봐."

모용기가 히죽 웃었다.

"역시 그렇죠? 내가 어디 가서 빠지는 얼굴은 아니라니까요."

박강진이 얼른 고개를 끄덕였다.

"그렇지. 잘생겼네. 송옥, 반안이 뭔가? 자네가 훨씬 나아. 암. 그렇고말고."

"이 아저씨, 역시 눈이 제대로 박혔다니까? 눈이 어떻게 된 거 아닌가 괜히 의심했잖아요."

모용기가 고개를 끄덕이며 헤실거렸다.

박강진은 슬며시 고개를 돌렸다. 괜히 자괴감이 들고 마음이 괴로웠다.

'이 나이 먹고 거짓말이라니.'

26 章

참룡
회귀록

斬龍回歸錄

명진이 차가운 얼굴로 말했다.

"죽여야 한다."

그러나 철무한이 명진을 가로막았다.

"도사라는 놈이 말끝마다 죽여라는 뭐야? 그걸 보면 원시천존이 통곡하겠다, 이 자식아."

"그럼 어쩌자는 거지? 이대로 보내자는 건가? 그러다 화근이 되면 누가 감당하라고."

명진의 말에 철무한이 난감한 얼굴을 했다. 이성적으로 생각하면 그의 말이 백번 옳았던 게다.

그러나 지난 십 년간 쌓인 정이 문제였다. 명진의 말에 선뜻 동조할 수가 없었던 게다.

두 사람의 모습을 보고 이심환이 쯧 하고 혀를 찼다.

"대체 누가 사파고, 누가 정파인지."

하는 짓만 보면 철무한이 정파고, 명진이 사파라고 해도 믿을 정도였다. 희한하게 생겨 먹은 녀석들이었다.

고개를 절레절레 젓던 이심환은 결국에는 모용기를 쳐다볼 수밖에 없었다. 어찌 됐건 참룡대의 최종 결정권자는 모용기였기 때문이다.

"어쩔 건가?"

모용기가 무릎을 꿇은 채 고개를 숙이고 있는 막수광을 쳐다봤다. 여기저기 베이고 터져서 핏물이 줄줄 흐르는 상처가 그의 눈길을 잡아끌었다.

심란한 눈을 하던 모용기는 이내 이를 악물었다.

"왜 그랬어요?"

모용기의 말에 명진이 얼굴을 찌푸렸다. 모용기가 흔들린다는 것을 눈치 챈 게다. 그래서 한 걸음 앞으로 나서려는데, 이심환이 팔을 들어 그런 그를 만류했다.

명진이 이심환을 쳐다보며 눈짓으로 물었다.

'왜?'

그러나 이심환은 고개를 저을 뿐이었다. 그리고는 물끄러미 막수광을 쳐다보는데, 막수광은 여전히 입을 굳게 다문 채 고개를 숙이고 있었다.

그 모습이 마음에 들지 않은 모용기가 얼굴을 와락 구기며 진각을 밟았다.

쿵!

바닥이 부르르 떨리는 듯했다. 제법 강한 힘을 실은 게다. 흠칫하는 명진과 철무한을 쳐다보지도 않고 모용기가 다시 말했다.

"내가 지금 묻잖아요. 왜 그랬냐고요?"

그제야 막수광이 고개를 들며 모용기와 시선을 맞췄다.

그러나 힘이 빠진 막수광의 눈에서는 아무것도 찾을 수가 없었다.

그리고 그것은 모용기를 더 흥분하게 했다.

"아저씨 때문에 참룡대원 열이 죽었어요! 대림이는 상처가 심해서 오늘내일하고요! 그런데도 입만 꾹 다물고 있을 거예요? 그러면 끝이에요? 진짜 죽여 줘요? 내가 못 할 것 같아?"

모용기의 검이 스르릉 하며 검집을 빠져나왔다. 검면에 비친 달빛이 위험하게 번들거렸다.

명진이 차갑게 눈을 굳혔고, 철무한은 안타깝다는 얼굴로 고개를 절레절레 저었다.

이심환은 쯧 하고 고개를 돌려 버렸다.

그때 막수광이 처음으로 입을 열었다.

"죽이게."

"이…… 이……!"

그러나 모용기는 차마 검을 내리치지 못했다. 막수광의 얼굴에 가득한 검상이 그의 팔을 잡아챘기 때문이다.

이제는 원 얼굴이 기억조차 나지 않을 정도로 빼곡하게 들어찬 검상. 그것이 의미하는 바를 그는 잘 알고 있었다. 저 하나 하나에 참룡대원의 명줄이 담겨 있다는 것을.

검을 들어 올린 채 부들부들 떨던 모용기는 기어이 검을 내팽개쳤다.

쨍그랑!

"젠장."

모용기를 물끄러미 쳐다보던 막수광이 다시 말했다.

"그러지 말고 죽이게."

"죽일 겁니다. 말 안 해도 죽일 거예요. 나 사람 잘 죽이는 거 아저씨도 알잖아요. 걱정 안 해도 돼요. 죽일 겁니다. 그 전에!"

모용기의 두 눈에 핏발이 섰다.

"왜 그랬어요? 대체 왜 그런 거예요? 다른 사람도 아니고 아저씨가 왜!"

막수광이 고개를 저었다.

"그건 중요한 게 아니야. 중요한 건 내가 배신했다는 거지."

"중요하고 말고는 내가 판단합니다! 아저씨가 판단할 게 아니라고요! 그러니까 대답이나 해요! 왜 그랬습니까?"

막수광이 한숨을 쉬었다.

"자네도 그렇고 저 친구들도 그렇고 정이 너무 많아. 그래서는 오래 살지 못할 걸세."

"오래 살려고 했으면 이 짓은 시작하지도 않았습니다. 귀막고 눈 감고 그렇게 살았을 겁니다."

막수광이 쓰게 웃었다.

"그렇긴 하지."

"그러니까 대답이나 해 보세요. 왜 그런 겁니까? 대체 왜요?"

그러나 막수광은 여전히 말할 마음이 없었는지 가만히 고개를 젓더니 다시금 고개를 숙여 버렸다.

모용기가 얼굴을 와락 구겼다.

"이 아저씨가 진짜!"

보다 못한 이심환이 둘 사이에 끼어들었다.

"막가 놈아."

이심환의 부름에도 막수광은 여전히 대꾸하지 않았다. 그러나 이심환은 포기하지 않고 다시 한 번 막수광을 불렀다.

"대답 좀 해 보거라, 이놈아. 이젠 입까지 막힌 게냐?"

막수광이 한숨을 쉬며 이심환을 쳐다봤다.

"왜?"

"왜긴 왜야? 말 좀 해 보라는 거지. 대주가 저렇게 원하지 않나."

막수광이 고개를 저었다.

"그래 봐야 변하는 건 없어. 의미 없는 짓이야."

"왜 의미가 없어? 십 년이나 쌓은 정이 있는데. 자네는 내가 자네와 같은 짓을 했다면 댕강 목을 베고 말 텐가? 대주나 명진이, 그리고 무한이 저놈이 같은 짓을 한다면 이유도 묻지 않고 목을 칠 게야? 그런 짓은 자네도 못 할 게 아닌가? 그러니 이유나 좀 암세. 말 좀 해 봐."

막수광의 눈빛이 조금 흔들렸다. 그러나 여전히 말을 하기는 어려운지 한참을 주저했다.

기다리지 못한 모용기가 다시금 막수광을 다그치려는데 이심환이 손을 저었다. 모용기는 결국 끙 하고 앓는 소리를 내며 팔짱을 꼈다.

그리고는 한참이나 막수광을 쳐다보기만 하는데, 드디어 마음을 정했는지 막수광이 조금씩 입을 열기 시작했다.

"장혁진이라고 동생이 하나 있네."

한번 입을 열기 시작하자 할 말이 많은지 말이 빨라지기 시작했다.

"친동생보다도 더 친동생 같은 녀석이지. 고향에서부터 해서 내가 고향을 떠나서 대주를 만나기 전까지 함께했었네. 그 이후 헤어지면서 도통 소식을 듣지 못했는데, 알고 보니 하문에서 객잔을 하고 있더군. 쿨럭쿨럭."

갑자기 많은 말을 쏟아 내서 힘이 드는지, 마른기침을 쏟아 낸 막수광이 호흡을 가다듬으며 다시금 말을 이었다.

"이번에 하문으로 와서 십 년 만에 그 녀석을 다시 만났네. 오래 떨어져 있다 보니 막상 만나면 무슨 말을 해야 할까 고민했는데, 다 쓸데없는 고민이었더군. 그 녀석이나 나나 마치 어제 만나고 헤어진 것처럼 그 시절과 다를 바 없었으니까."

막수광이 이심환을 쳐다보며 희미하게 웃었다.

이심환은 알 만하다는 얼굴로 고개를 끄덕였다.

"이해하네. 그래서?"

그때 막수광의 얼굴이 조금 어두워졌다.

"근데 그 녀석이 많이 아파"

"아니 왜? 무슨 이유로?"

이심환의 질문에 막수광이 고개를 절레절레 저었다.

"여태껏 놈들과 싸우다 뼈저리게 느끼긴 했지만, 이번에 혁진이를 만나고 새삼 느꼈네. 놈들이 참 대단하긴 대단하더군. 꽁꽁 숨겨 뒀다고 생각했던 과거를 기어이 들춰내는 것을 보면 말이야."

이심환의 얼굴이 심각해졌다.

"혹시……."

막수광이 고개를 주억거렸다.

"맞네. 고독일세."

"이런 젠장!"

"허⋯⋯."

자신의 예상이 들어맞았다는 사실에 이심환이 얼굴을 일그러트렸고, 철무한 역시 탄식을 내뱉었다.

그 가운데 명진만이 유일하게 차가운 얼굴을 유지하고 있었다.

그때 모용기가 한 걸음 앞으로 나섰다.

"그래서 그런 겁니까?"

"그래."

막수광이 담담한 얼굴로 고개를 끄덕였다.

"참룡대원 열과 대림이까지 저 지경이 되었는데요?"

"나는 그 녀석을 살려야 했네."

"우리보다 그 사람이 더 중요하다는 말입니까?"

"그래."

"십 년이나 동고동락한 형제들을 죽이면서까지요?"

"그렇다네."

모용기의 이마에 힘줄이 불끈 도드라졌다.

"난 내 형제들이 더 소중합니다."

"알아."

"내가 아저씨를 죽일 겁니다."

"옳은 선택일세."

담담한 얼굴로 말하는 막수광을 보며 모용기가 이를 악

물었다. 꽉 쥔 두 주먹이 부들부들 떨렸다. 그러나 차마 검을 주워 들 생각을 하지 못했다.

그 모습에 한 걸음 앞으로 나선 명진이 모용기를 힐끔 돌아보며 검을 뽑았다.

"내가 하지."

모용기가 고개를 저었다.

"물러서."

"넌 못 해. 내가 한다."

"물러서라고 했다. 죽여도 내가 죽여. 넌 비켜."

모용기가 명진의 검을 뺏어 들었다. 저항하려면 저항할 수도 있었지만 웬일인지 명진은 순순히 검을 넘겨줬다.

철무한이 명진을 보며 얼굴을 찌푸렸다.

"바늘로 찔러도 피 한 방울 안 나올 새끼."

그러나 명진은 일절 반응하지 않았다. 팔짱을 낀 채 모용기와 막수광을 쳐다보기만 했다.

그러는 사이 다시금 막수광의 앞으로 다가선 모용기가 막수광을 내려다 봤다.

"그동안 감사했습니다."

"나도 마찬가지일세."

"미안하다는 말은 하지 않습니까?"

막수광이 고개를 저었다.

"똑같은 상황이 다시 주어진다 해도 난 변함없을 걸세."

"다행이라고 해야 할까요? 그나마 후회는 없어 보여서."

모용기가 검을 치켜들었다. 막수광이 가만히 눈을 감았다. 모용기가 아랫입술을 질끈 깨물더니 그대로 검을 내리그었다.

서걱!

그러나 예상했던 고통이 없었다. 막수광이 가만히 눈을 떴다. 그 순간 막수광의 목에 걸려 있던 참룡패가 툭 하고 떨어졌다.

참룡패를 물끄러미 쳐다보던 막수광이 고개를 들어 모용기와 눈을 맞췄다.

"무슨 의미인가?"

"그동안 저희들을 대신해 검을 받아 냈던 대가라고 생각하십시오."

"그걸 빚이라고 생각해 본 적 없네. 나를 대신해 검을 맞은 건 자네들도 마찬가지 아닌가?"

"당신이 더 많이 맞은 것도 사실이죠."

호칭이 달라졌다.

모용기가 명진에게 검을 건네고는 차가운 얼굴로 등을 돌렸다.

"가자."

막수광이 모용기의 등을 향해 다시 말했다.

"이러지 말게. 날 죽여."

"다음에 만나면 그렇게 해 드리죠."

"지금 이곳에서 빠져나가면 난 다시 무사들을 모을 걸세. 자네들은 더한 피해를 보겠지."

모용기가 막수광을 힐끔 돌아봤다.

"기다리겠습니다. 그땐 꼭 원하시는 대로 해 드리죠. 가 자."

이심환이 여전히 얼굴을 찌푸린 채 모용기를 따랐다. 명 진은 별다른 감흥이 없는 얼굴이었다.

모용기의 검을 챙기느라 뒤쳐진 철무한이 막수광을 불렀 다.

"아저씨."

"그래."

"내 소원인데 우리 다시 보지 맙시다."

막수광이 고개를 저었다.

"그건 어렵겠군."

철무한이 한숨을 쉬었다. 그리고는 이내 걸음을 옮기다 가 바닥에 떨어진 막수광의 참룡패를 보고는 허리를 숙여 주워 들었다.

심란한 얼굴로 막수광의 참룡패를 만지작거리던 철무한 은 한순간 참룡패를 강하게 움켜쥐었다.

단단하기로는 소문난 한철로 만들어진 참룡패가 무른 납 조각처럼 우그러들었다.

형체를 알아볼 수 없을 정도로 뭉개진 참룡패를 아무렇
게나 던져 버린 철무한이 마지막으로 한마디를 더 덧붙였
다.

"그래도 나는 피해 주세요. 난 아저씨 못 죽이겠으니까."

그 말을 끝으로 빠른 걸음으로 모용기를 따라잡는 철무
한이었다.

멀어져 가는 그들을 물끄러미 쳐다보던 막수광이 뒤늦게
몸을 일으켜 철무한이 뭉개 버린 참룡패를 다시 주워 들었
다. 그리고는 한숨처럼 중얼거렸다.

"미안하네."

그날 밤, 황궁의 고수들을 모아서 다시 기습을 가한 막수
광 때문에 모용기는 참룡대원 다섯을 더 잃어야만 했다.

모용기가 처음으로 자신의 선택을 후회한 순간이었다.

모용기는 싸늘하게 식어 버린 막수광의 시신을 난도질했
다. 그러고도 모자라서 막수광의 머리에 검을 꽂았다.

푹!

핏물이 철썩 튀어 오르며 모용기의 얼굴을 덮쳤다. 시선
을 가리는 핏물을 닦아 내려는 생각조차 하지 않은 채 모용
기가 시선을 들었다.

그날은 유난히 달이 밝았다. 기습을 하기에 좋은 날이 아
니었다.

모용기가 이를 악물었다.

"젠장!"

잠에서 깨어난 제갈연이 고개를 갸웃거렸다. 막수광과 장혁진이 다리를 절뚝거리며 수레의 뒤를 따랐기 때문이다.

제갈연이 이영화를 쳐다봤다.

"저분들은 누구예요?"

이영화가 난처하다는 얼굴로 시선을 돌렸다. 그 시선을 따라가던 제갈연이 모용기를 확인하고는 저도 모르게 입을 열었다.

"모용…… 아, 아니."

버릇처럼 입을 열던 제갈연이 화들짝 놀라며 고개를 저었다. 그리고는 떨어지지 않는 입을 억지로 움직여 호칭을 정정했다.

"오, 오라버니."

모용기가 입을 헤벌리며 제갈연을 돌아봤다.

"응? 뭐라고?"

"저분들 누구냐고요?"

모용기가 고개를 저었다.

"아니, 그거 말고."

"그럼요?"

"그 오라버니라는 거. 다시 해 봐."

제갈연이 미간을 좁혔다.

"지금 장난칠 때가 아니잖아요."

"누가 장난이래? 장난 아니거든? 그러니까 다시 해 봐. 오. 라. 버. 니. 라고."

제갈연이 얼굴을 구겼다.

"됐거든요. 얼른 말이나 해 봐요. 저분들 누구예요?"

모용기가 아쉽다는 얼굴로 입맛을 다셨다. 제갈연의 몸 상태를 고려해서인지 더 이상 자극하지도 않았다. 대신 막수광과 장혁진을 힐끔 돌아봤다.

"어떻게 하고 싶어?"

"예?"

"죽일까, 살릴까? 원하는 것을 말해 봐. 원하는 대로 해 줄 테니까."

막수광과 장혁진이 움찔 몸을 떨었다.

제갈연이 황당하다는 얼굴로 모용기를 쳐다봤다.

"아니 가만히 있는 사람을 왜 죽여요?"

"누가 그래? 가만히 있는 사람이라고? 쟤네 강도거든?"

"예? 강도요?"

"그래. 그러니까 말해 봐. 죽일까? 살릴까?"

"죽이긴 뭘 자꾸 죽여요? 그리고 세상에 저런 강도가 어디 있어요? 안 그래요, 아주…… 아니, 어머니."

이영화가 픽 하고 웃었다. 그리고는 딱 한마디만 더 보탰다.

"네 오라비한테 맞았거든."

"네?"

제갈연이 눈을 동그랗게 뜨다가 뒤늦게 느낀 점이 있던지 눈빛을 가라앉혔다. 막수광과 장혁진을 쳐다보는 제갈연의 눈빛이 달라졌다.

"모…… 아니. 오, 오라버니."

모용기가 다시 입을 헤벌쭉 벌렸다.

"왜에?"

모용기가 말꼬리를 길게 늘였다. 제갈연이 다시 미간을 좁혔으나 이내 정신을 가다듬으며 제 말을 이어 갔다.

"그냥 관아에 넘겨요."

괜히 혹을 달고 다닐 생각은 없었다. 그편이 깔끔하다 생각했다.

그러나 모용기의 생각은 다른지 냉큼 고개를 저었다.

"그건 안 되겠는데. 관아 사람들 다 죽일 생각이야?"

"네? 그건 또 무슨 말이에요?"

이번에는 이영화가 대신 대답했다.

"무공이 좀……."

제갈연이 어이가 없다는 얼굴을 했다.

"아니, 강도 주제에 무슨 무공씩이나……."

그러나 제갈연은 말을 끝맺음하지 못했다. 모용기가 끼어들며 제갈연의 말을 잘랐기 때문이다.

"그러니까 네가 말해 봐. 죽일까? 살릴까?"

그리고는 이전에는 없던 선택지를 하나 더했다.

"아니면 죽을 때까지 끌고 다니면서 괴롭혀 줄까?"

"형님 괜찮으세요?"

장혁진이 걱정스럽다는 눈으로 막수광을 쳐다봤다.

파리해진 안색으로 억지로 걸음을 옮기는 것이 힘들어하는 기색이 역력했기 때문이다.

"괜찮다."

막수광이 작게 고개를 저었다.

그러나 장혁진은 불만 어린 눈으로 모용기를 쳐다봤다.

"자기들끼리만 타고. 몸 아픈 사람이나 태워 줄 것이지."

장혁진의 투덜거림에 막수광이 픽 하고 웃음을 흘렸다.

"살려 준 것만 해도 고마워해야 하지 않을까?"

"에이, 뭐 이런 걸로 죽이기까지 합니까? 돈만 좀 뺏으려고 했던 건데."

그 사실을 모용기가 알 리가 없다는 점은 빠졌다. 게다가 돈 때문에 사람을 죽이는 일이 비일비재하다는 것도 쏙 빠졌다.

그러나 막수광은 친절하게 설명해 주고픈 생각이 없었다. 아닌 듯해 보이지만, 내상을 입은 몸으로 먼 거리를 이동하는 것은 꽤나 힘든 일이었기 때문이다.

"근데 괜찮을까요?"

"뭐가 말이냐?"

"아무래도 이거 우리가 온 길인데……."

장혁진이 불안한 눈빛으로 말꼬리를 흐렸다.

하문을 발칵 뒤집어 놓고 온 참이었다. 되돌아가는 건 범의 아가리에 머리를 들이미는 것과 같았으니, 그 점이 불안하기는 막수광도 마찬가지였다.

막수광이 두 눈으로 모용기의 뒷모습을 쫓으며 중얼거렸다.

"기회를 보자."

"그래야겠죠? 근데 저놈 무공이 장난이 아니던데……."

장혁진이 두려움이 가득한 눈으로 모용기를 쳐다봤다. 그러나 막수광은 크게 걱정하는 눈치가 아니었다.

"걱정 마라. 기회는 온다. 사람인 이상 먹고, 자고, 싸는 건 마찬가지니까."

그리고 막수광의 말대로 기회는 어렵지 않게 찾아왔다. 일행이 한적해 보이는 시골 마을에 다다랐을 때, 장혁진이 막수광을 쳐다봤다.

"형님 여긴……."

막수광이 고개를 저었다.

"입 다물어라."

장혁진이 헙 하고 입을 다무는데, 어느새 일행은 마을로 들어서고 있었다.

모용기가 박강진을 쳐다봤다.

"촌구석이네요."

"도시가 아니면 다 그렇지."

짐칸에서 물끄러미 밖을 쳐다보던 제갈연이 무심코 투덜거렸다.

"이래서야 쉴 만한 곳이 있을까요?"

고작 삼십여 호 정도 될까 말까 한 작은 마을이었다. 객잔 같은 건 있을 수가 없었다. 그러나 박강진은 크게 걱정하는 기색이 아니었다.

"민가에서 방이라도 하나 빌리면 되니까 걱정하지 말아라."

대수롭지 않게 말하는 박강진의 말에 먼저 반응한 것은 모용기였다.

"그렇긴 한데……."

모용기가 애매하다는 눈으로 마을을 살폈다.

"왜? 마음에 들지 않는 점이라도 있나?"

"마음에 드는 점을 찾는 게 더 빠르지 않을까요?"

박강진이 픽 하고 웃음을 흘렸다.

"그렇긴 하지. 그래도 자네들이 무공이 강해서 다행이야. 그렇지 않았다면 오늘도 노숙할 뻔했거든."

"그러고 보니 아저씨랑 아주머니는 왜 무공을 안 배웠어요?"

박강진과 이영화는 무공을 익힌 흔적이 없었다. 흔적을 감추는 살수 계열의 무공을 익힌 건 아닐까 며칠을 두고 봤지만 그런 것도 아닌 것처럼 보였다.

"안 배운 게 아니라 배울 기회가 없었던 게지. 이런 일은 무공은 익힌 이보다는 우리 같은 사람이 더 적합하니까. 굳이 가르쳐 주려고 하지 않더군."

"아쉽지 않으세요? 개방에 들어간 거 보면 이유야 뻔한데."

"예전엔 아쉬웠었지."

"지금은 아니라는 말처럼 들리네요?"

"매일같이 동료들이 죽어 나가니까. 요즘엔 차라리 다행이다 싶더라고."

박강진이 덤덤한 얼굴로 대꾸했다. 그러나 모용기는 고개를 갸웃거렸다.

'그게 그렇게 쉬운 일이 아닌데.'

모용기가 뺨을 긁적이며 박강진을 쳐다봤다. 그러나 더 이상 말은 하지 않았다. 마음을 정한 사람을 괜히 들쑤셔

놓을 이유는 없었기 때문이다.

"그보다 저기 나오는구만."

모용기가 얼른 고개를 저어 상념을 날리고 박강진의 손
짓을 따라갔다. 서너 명의 사내를 대동한 노인 하나가 일행
의 수레에 다가서고 있었다.

박강진이 수레를 멈추자 노인이 다가왔다.

"이 마을을 맡고 있는 촌장입니다. 어디서 오신 분들입니
까?"

"호남에서 온 박강진이라고 합니다. 여기 제 아내와 아이
들과 함께 하문으로 가는 길인데, 하룻밤 신세를 질 수 있
겠습니까?"

박강진의 말에 촌장은 탐색하는 눈으로 일행을 살폈다.
특히 막수광과 장혁진에게로 시선이 향했을 때 촌장의 눈
초리가 조금 더 날카로워졌다.

그러나 이내 그러한 기색을 지워 내며 선선히 고개를 끄
덕였다.

"알겠습니다. 이보게, 장일이."

"예, 어르신."

"자네 집에 빈방이 있지? 손님들께 방 하나 내주게."

"알겠습니다. 그럼 절 따라오십시오."

박강진이 촌장에게 인사를 건네고 장일이라 불린 사내의
뒤를 따라 수레를 끌었다.

제갈연이 가만히 한숨을 쉬었다.

"그래도 오늘은 마음 놓고 쉴 수 있겠네요."

그 말을 들은 모용기가 픽 하고 웃음을 흘렸다. 그러나 진심을 담아 대꾸했다.

"나도 그랬으면 좋겠다."

"차린 건 없지만 많이 드세요."

"아닙니다. 고기도 있고 진수성찬인데요. 잘 먹겠습니다."

박강진의 말에 옷이 많이 낡았지만 그래도 지저분해 보이지는 않는 차림의 여인이 곱게 웃었다.

장일의 아내였다. 마르긴 했지만 이영화 못지않게 포근한 얼굴이었다.

장일의 아내는 곧 자리에서 일어섰다.

"그럼 전 저쪽 방에도 음식을 드려야 해서 그만 나가 보겠습니다."

장일의 아내가 방에서 나가자 박강진과 이영화가 먼저 숟가락을 집어 들었다.

모용기가 미간을 좁혔다.

"그거 드시게요?"

"그럼? 먹으라고 준비해 준 것 아닌가?"

"거기 뭐가 들었을지 알고요."

"뭐, 별거 있겠나? 적어도 독약은 아닐 걸세. 기껏해야 미약 정도겠지. 독약을 쓰면 자기들도 먹을 게 없을 테니까. 그건 피하지 않겠나?"

모처럼 제대로 된 음식에 헤실거리며 수저를 들던 제갈연이 화들짝 놀랐다.

"그게 무슨 말이에요? 독약이라니요?"

박강진이 고개를 저었다.

"독약은 아닐 거라니까. 걱정하지 말고 먹어."

제갈연이 모용기를 쳐다봤다. 명진 역시 마찬가지였다.

모용기가 박강진에게 말했다.

"독약이나 미약이나. 특히 아저씨나 아주머니한테는 더 위험한 거 아닙니까?"

"그거야 우리 둘이 다닐 때나 그런 거고. 자네가 있는데 무슨 걱정인가? 아니지. 험한 꼴 안 보려면 약 먹고 한잠 푹 자는 것도 좋겠지. 물론 진짜 약이 들어 있다면."

모용기가 제갈연을 쳐다봤다.

"들었지? 걱정하지 말고 먹어."

이영화도 포근하게 웃으며 명진과 제갈연에게 권유했다.

"괜찮으니까 먹거라. 너무 안 먹으면 그것도 문제가 될 테니까."

이영화의 말에도 명진과 제갈연은 쉽게 숟가락을 옮기지 못했다. 특히 독 때문에 고생하고 있던 제갈연은 경계심이 더 강했다.

"하지만……."

"괜찮다니까. 내가 알아서 할게."

그러나 정작 모용기 자신은 건량을 꺼내 들자 명진이 의아하다는 눈으로 바라보았다.

"넌 왜 안 먹지?"

"먹어도 미약 정도는 괜찮을 것 같긴 한데, 그래도 혹시나 해서. 한 사람 정도는 정상이어야지."

명진이 눈을 빛냈다.

"넌 약이 들어 있을 거라 확신하나 보군."

"아니라고 생각해?"

"난 모르겠다. 어느 쪽이든 확신이 서지 않아. 그런데 넌 어떻게 그렇게 확신하는 거지?"

모용기가 젓가락을 들어 고기반찬을 톡톡 두드렸다.

"생각 좀 해라, 자식아. 이런 촌구석에서 손님한테 고기반찬이 가당키나 하냐? 자기들 먹을 것도 없을 텐데."

"멧돼지라도 잡았을 수 있지 않나?"

"그렇긴 하지. 근데 그게 우리한테까지 돌아올까? 시장에 내다 팔거나 먹더라도 자기들이 먹기 바쁘지."

그제야 제갈연과 명진도 짚이는 것이 있는지 두 사람 모두

당황한 얼굴을 했다.

"어머!"

"그럼 이건……."

모용기는 고개를 저었다.

"그게 뭔지는 나도 몰라. 그래도 하나는 확실하지. 난 내가 모르는 건 안 먹어. 지금 아저씨나 아주머니가 고기에는 손도 대지 않는 것처럼."

그 말에 명진이 얼굴을 찌푸렸고, 제갈연은 헛구역질이라도 할 기세였다.

모용기가 뺨을 긁적였다.

"그래도 손님한테 고기 내줄 정도로 인심 좋은 마을이었으면 좋겠는데."

박강진의 말대로 독약은 들어 있지 않았다. 그러나 약은 확실히 들었다. 옆에서 드르렁드르렁 코를 골며 세상모르고 잠에 빠져 있는 장혁진이 그 증거였다.

운기를 하며 미약의 성분을 완전히 몰아낸 막수광이 장혁진을 흔들어 깨웠다.

"일어나거라."

"어? 혀, 형님."

장혁진은 쉽사리 정신을 차리지 못했다. 미약의 약효가 꽤 강했던지 여전히 몽롱한 눈동자가 제자리를 찾지 못했다.

할 수 없이 장혁진을 둘러업은 막수광이 조심스럽게 방을 나섰다. 그러나 채 세 걸음을 옮기기도 전에 그 자리에서 딱딱하게 얼어붙고 말았다.

차갑게 얼굴을 굳히고 있는 명진의 뒤에서 모용기가 히죽 웃었다.

"어디 가시나?"

막수광의 이마에서 식은땀이 주르륵 흘렀다. 등골이 서늘한 느낌에 저도 모르게 몸을 움찔 떨었다.

건들거리며 막수광의 앞으로 다가선 모용기가 막수광의 옷깃을 탁탁 털었다.

"아저씨, 내 말 못 들었어? 죽을 때까지 끌고 다닌다는 거."

"으음……."

"나 농담 같은 거 잘 안 해. 아, 하긴 하는데 적어도 아저씨는 아니야."

모용기는 친절하게도 입바람까지 후후 불어 가며 어깨에 붙은 먼지까지 털어 줬다.

그리고는 싸늘한 눈으로 막수광을 노려봤다.

"딱 한 번만 봐줄게. 딱 한 번. 두 번은 없어."

막수광이 긴장한 얼굴로 침을 꿀꺽 삼켰다.

그 순간 명진이 모용기를 쳐다봤다.

"온다."

"나도 알아."

짧게 대구한 모용기는 박강진과 이영화, 그리고 제갈연이 잠들어 있는 방 앞에 떡하니 주저앉았다. 그리고는 막수광을 쳐다봤다.

"뭐 해? 빨리 안 들어가?"

모용기의 으름장에 막수광이 움찔 몸을 떨더니 냉큼 방안으로 기어들어 갔다.

탁!

문이 닫히는 소리가 거칠게 들려왔다.

모용기가 픽 하며 웃음을 흘렸다.

명진이 긴장한 얼굴로 모용기를 쳐다봤다.

"어떻게 하면 되나?"

모용기가 힐끔 명진을 쳐다보고는 마당으로 시선을 돌리는 그 순간, 요란한 발걸음 소리가 나더니 이십여 명의 사내가 순식간에 마당을 가득 메웠다.

앞장섰던 장일이 모용기와 명진을 보고는 화들짝 놀랐다.

"어, 어떻게……."

모용기가 얼굴을 찡그렸다.

"어떻게고 뭐고 어째 슬픈 예감은 빗나갈 때가 없냐?"

명진이 스르렁 검을 뽑아 들었다. 그 소리에 낫이며 쟁기 같은 농기구를 들고 있던 사내들이 움찔하며 몸을 떨었다.

그러나 숫자를 믿은 장일은 오히려 한 걸음 나서며 크게 외쳤다.

"달라질 건 없다! 저긴 둘이고 우린 스물이 넘어! 다 죽이면 그만이야!"

"맞아. 겨우 둘인데."

"그것도 꼬맹이들 둘이 다가 아닌가."

잠시 웅성거리던 사내들이 다시금 농기구를 고쳐 잡으며 살기를 뽑었다. 참룡대원들이라면 기본적으로 품고 있었던 기분이 불쾌해질 정도로 끈적한 살기였다.

그 모습을 보고 모용기는 확신했다. 그리고는 저도 모르게 얼굴을 찌푸리며 중얼거렸다.

"많이도 죽여 봤나 보네."

명진이 모용기에게 다시 한 번 질문했다.

"어떻게 하면 되나?"

모용기가 고개를 들었다.

오늘은 달이 없었다. 사람을 죽이고도 모른 척하기에 적합한 밤이다.

모용기가 딱 하고 손가락을 튕겼다. 그리고는 검지로 사내들을 가리키며 차갑게 말했다.

"다 죽여."

긴장감 없는 싸움이었다.

명진은 한 호흡도 안 되는 짧은 순간에 스물이 넘는 사내
들을 모조리 때려눕혔다.

사방에서 곡소리가 났다.

그러나 모용기는 마음에 들지 않는다는 얼굴로 명진을
쳐다봤다.

"너 뭐 하냐?"

"뭐가?"

"다 죽이라는 말 못 들었어? 왜 다 살아 있는 거냐?"

모용기의 말에 마당을 가득 채우던 신음 소리가 한순간
에 씻은 듯이 사라졌다.

싸늘한 정적이 맴도는 가운데 명진이 모용기를 쳐다봤
다.

"죽이라고?"

"그래."

"진짜?"

"그렇다니까."

명진이 얼굴을 찡그렸다.

"꼭 그렇게까지 할 필요가 있나?"

내키지 않는다는 얼굴이었다.

무공도 익히지 않은 일반인을 상대로 목숨까지 **빼앗는다**는 게 탐탁지 않아 보였다.

그러나 모용기는 싸늘한 얼굴로 사내들을 돌아보더니 타박타박 걸음을 옮겼다.

그 순간 안채에서 장일의 아내와 아이 둘이 번개같이 튀어나왔다.

"여보!"

"아빠!"

"아빠!"

장일이 당황한 얼굴로 손을 내저었다.

"들어가! 얼른 들어가라고!"

"어떻게 그래요? 이게 다 우리 때문인데."

"아빠! 피!"

"아빠! 아빠!"

덩치가 좀 더 큰 사내아이 하나와 그 동생인 듯한 계집아이 하나가 호들갑을 떨었다. 그때 안절부절못하던 장일의 아내가 갑자기 후다닥 움직이더니 모용기의 앞에 머리를 박았다.

"죄송합니다! 죄송해요! 죄송합니다! 두 번 다시 안 그럴게요! 한 번만 용서해 주시면……."

장일의 아내가 손이 발이 되도록 싹싹 빌었다.

그러나 모용기의 얼굴은 여전히 싸늘하기만 했다.

'영악한 년.'

안채에서 기척이 소란스럽다 했더니 그 짧은 순간 아이들을 깨워서 뛰쳐나온 게다.

안쓰럽기는커녕 기분이 더 나빠졌다.

모용기가 스르렁 소리를 내며 검을 뽑았다.

"으헛!"

"비, 비켜!"

장일이 아이들을 밀쳐냈다. 아이들이 서럽게 울음을 터트렸다.

"으앙!"

"으아앙! 아빠!"

하나 그들에게 눈길도 주지 않은 장일은 부리나케 달려와 제 아내를 밀쳐내고 모용기의 앞에 고개를 박았다.

"제 잘못입니다! 제가 한 일입니다! 저 사람과 아이들은 아무것도 모릅니다! 그러니까 저만…… 으헉!"

쩡!

장일이 기겁을 하며 엉덩방아를 찧었다.

모용기가 제 검을 막아선 명진을 쳐다봤다.

"이게 무슨 짓이야?"

"내가 묻고 싶은 말이다. 너 지금 뭐 하는 거냐? 무공을 모르는 이들이다."

모용기가 픽 하고 웃음을 보였다. 그런데 그 느낌이 서늘했다. 평소의 의미 없는 웃음이 아니라 살기가 깃든 웃음이었기 때문이다.

"히끅!"

"꺽! 꺽!"

울음을 터트리던 아이들도 화들짝 놀라며 딸꾹질을 했다.

"어? 어?"

"으음……."

널브러져 있던 사내들이 바닥을 엉금엉금 기었다.

모용기가 주먹만 한 돌멩이 하나를 툭 걷어찼다. 무섭게 날아간 돌멩이가 담벼락에 그대로 틀어박혔다.

쾅!

담벼락이 무너지며 흙먼지가 우수수 피어올랐다.

"으헉!"

"미, 미친!"

모용기가 싸늘한 목소리로 경고했다.

"움직이지 마. 한 번만 더 내 허락 없이 움직이면 대가리에 박아 줄 테니까."

"으헛!"

"헛!"

모용기의 경고에 사내들이 짧게 숨을 들이켜더니 이내 숨소리조차 잦아들었다.

모용기가 다시 명진을 돌아봤다.

"무공은 몰라도 사람은 많이 죽여 봤겠지."

"어차피 추측일 뿐이다. 네 눈으로 본 게 아니지 않나?"

"그걸 꼭 봐야 아냐? 저딴 살기는 아무나 흘릴 수 있는 게 아니거든. 적어도 백 명 단위는 죽여 봐야 흉내라도 낼 수 있는 거라고."

"그걸 네가 어떻게 알지? 너도 해 본 적은 없지 않나?"

물러날 기색을 전혀 보이지 않는 명진이었다.

그러나 더 설명을 할 방법이 없었던 모용기는 한숨을 쉬었다. 자신이 알던 모습과 다른 명진이 신선하기도 했으나, 이내 짜증이 일었다.

'이걸 어디서부터 가르쳐야 해?'

제갈연도 그렇지만 명진도 마찬가지였다. 모용기가 생각하는 기준에는 한참이나 미치지 못했다.

'아니, 그 전에 이걸 끌고 가야 해?'

눈 하나 깜빡하지 않고 살검을 뿌렸던 예전의 명진이라면 한 치의 망설임도 없었을 것이다. 반면 지금의 명진은 너무도 마음이 여렸다. 괜히 신경이 쓰였다.

'그냥 이 씨 아저씨처럼 멀리 치워 버릴까?'

잠시 그런 생각도 들긴 했지만 모용기는 곧 고개를 저어 버렸다.

이심환과 명진은 기질이 달랐다. 굳이 자신이 아니라도,

때가 되면 명진은 다시 그 싸움을 시작할 게다.

어차피 정해진 수순이라면 자신이 조금이라도 더 가르치는 게 낫다 싶었다.

스르릉! 척!

모용기가 검을 거둬들이자 피부가 따끔할 정도로 콕콕 찔러 대던 살기가 씻은 듯이 사라졌다.

흥이 식은 게다.

모용기가 심드렁한 얼굴로 막수광을 불렀다.

"막 씨 아저씨, 이리 좀 나와 봐."

조금 시간이 지난 후에 막수광이 얼굴을 찌푸린 채 모습을 드러냈다.

"왜 그러나?"

"아저씨가 가서 이 마을 좀 정리해. 저 자식은 안 될 것 같거든."

막수광이 명진을 힐끔 쳐다보고는 다시 질문했다.

"어디까지 할까?"

"죽이지만 마. 그러면 저 자식도 만족하겠지."

고개를 끄덕인 막수광이 장일에게 다가가더니 뻥 하고 걷어차 버렸다.

"컥!"

가슴을 걷어차인 장일이 숨이 막히는지 컥컥거렸다. 그러나 막수광은 모용기만큼이나 싸늘한 눈으로 사내를 노려봤다.

"닥치고 따라오기나 해. 아니면 진짜 숨도 못 쉬게 해 줄 테니까."

사내들을 이끌고 사라지는 막수광을 보고 모용기가 히죽 거렸다.

'역시 이런 일은 저 아저씨가 제격이라니까.'

그러나 여전히 훌쩍거리는 장일의 두 아이와 그의 아내를 확인하고는 다시금 얼굴이 싸늘하게 식어 버렸다.

모용기가 명진을 쳐다봤다.

"저것들은 네가 처리해."

그 말을 남긴 모용기가 일행이 머무는 방으로 쏙 들어가 버렸다.

남겨진 명진이 한숨을 쉬었다.

촌장을 비롯한 마을의 사내들이 절뚝거리며 수레에 짐을 실었다.

제갈연이 고개를 갸웃거리며 모용기를 쳐다봤다.

"어젯밤에 무슨 일 있었어요?"

"그럼? 없었을 것 같아?"

"그럼 진짜……."

제갈연이 얼굴을 찡그리며 마을을 돌아봤다. 그러다가 무슨 생각이 들었는지 다시 모용기를 쳐다봤다.

"근데…… 아무도 안 죽은 것 같네요?"

"왜? 섭섭해? 지금이라도 칼질 한번 할까?"

모용기가 당장이라도 칼을 뽑으려 하자, 제갈연이 다급한 얼굴로 그를 뜯어말렸다.

"아니요. 그게 아니고요. 이제 와서 굳이 그럴 필요는 없잖아요."

"그럼 왜 그러는 건데?"

"조금 의외라서요. 모…… 아니, 오라버니는 일단 검부터 뽑고 보잖아요."

"얘가 뭔 소리를 하는 거야? 내가 언제 검부터 뽑고 봤어? 요게 큰일 날 소리 하네."

"아니에요? 그럼 철장방에서 한 건 뭔데요?"

"그거야 걔네들이 먼저 칼 들고 설친 거고. 나 그렇게 막 칼 들고 설치는 사람 아니라고."

제갈연의 두 눈이 샐쭉해졌다.

"아닌데. 막 칼 들고 설쳤는데."

모용기가 픽 하고 웃음을 흘렸다. 그리고는 옆에 앉은 박강진을 채근했다.

"이제 가시죠. 다 실은 것 같은데."

한데 모용기의 말에도 박강진은 좀체 움직이려 하지

않으며 미적거렸다.

"흠, 흠."

모용기가 의아한 얼굴로 질문했다.

"왜요? 무슨 문제 있어요?"

박강진이 수레를 뒤따를 채비를 하고 있던 막수광과 장혁진을 돌아봤다.

"저 친구들 말인데."

"저 아저씨들이요? 저 아저씨들은 왜요?"

"어차피 계속 끌고 다닐 생각이지?"

모용기가 막수광과 장혁진을 힐끔 돌아보더니 머리를 긁적였다.

"그렇죠, 뭐."

박강진이 반색을 했다. 그리고는 은근한 목소리로 다시 말했다.

"그래서 말인데, 이렇게 된 것 수레나 끌게 하세. 이거 마부석에 앉아 있으려니 은근히 허리가 아파서 말이야. 자네도 그렇지 않은가?"

박강진이 허리가 쑤신다는 듯이 주먹으로 툭툭 두드렸다. 모용기가 픽 하고 웃더니 이내 선선히 고개를 끄덕였다.

"그렇게 하세요."

그리고는 뒷자리로 냉큼 몸을 뺐다.

박강진이 헛기침을 하며 막수광과 장혁진을 쳐다봤다. 눈빛에 기대가 가득했다.

　"험, 험."

　그 눈빛을 받은 장혁진이 얼굴을 찡그렸다.

　"어쩌죠, 형님?"

　막수광이 한숨을 쉬었다.

　"어쩌긴 뭘 어째? 까라면 까야지."

　"죄송합니다, 형님. 어제 제가 잠이 드는 바람에……."

　장혁진이 미안하다는 얼굴을 했다. 한순간의 식탐을 참지 못해 생긴 일이었기 때문이다. 자신과 막수광의 내력 차이를 간과하고 저들이 탄 미약을 우습게 본 탓이다. 그러나 막수광은 고개를 저었다.

　"그럴 것 없다. 너 때문이 아니니까."

　그러나 상황을 모르는 장혁진은 계속해서 머리를 조아렸다. 막수광이 고개를 절레절레 저으며 장혁진을 이끌었다.

　"그러지 말고 어서 가자. 더 기다리게 하다가는 무슨 사달이 일어날지 모르니까."

　장혁진이 얼굴을 찡그리며 박강진을 쳐다봤다. 그리고는 조금 목소리를 낮추며 소곤거렸다.

　"그런데 형님, 진짜 하문으로 가는 거면 큰일 납니다. 우리만 그러는 게 아니라 저치들도 마찬가지라고요."

　"나도 알아."

"그런데 왜?"

"내가 적당히 알아서 하마. 그보다……."

막수광이 장혁진을 돌아봤다. 장혁진이 두 눈에 의문을 품었다.

"그보다?"

"너 마차 몰 줄 알지?"

"예?"

"아, 상관없나? 어려운 일은 아니니까. 얼른 가지."

막수광이 장혁진의 등을 짝 하고 때리더니 한 발 먼저 나섰다. 뒤처진 장혁진이 얼굴을 찡그리며 구시렁거렸다.

"아, 그거 허리 아픈데."

참룡
회귀록

斬龍回歸錄

27 章.

　운현은 풀밭에 누워 아무것도 하지 않았다. 만사가 다 귀찮았던 탓이다.

　심지어 악바리처럼 달려들었던 무공 수련마저도 심드렁해졌다. 때가 되면 밥을 먹고 때가 되면 잠을 자는 게 전부였다.

　그것도 귀찮아서 끼니를 거르는 일이 많았고, 풀밭에 누워 가을밤의 서늘한 밤이슬을 고스란히 맞으면서 잠이 든 적이 한두 번이 아니었다. 보다 못한 천영영이 운현에게 다가갔다.

　"너 진짜 무공 수련 안 할 거야?"

　"안 해. 귀찮아."

"이제 결시가 두 달밖에 안 남았다고."

운현이 심드렁한 얼굴을 했다.

"그깟 결시 꼭 수련까지 해야 돼?"

천영영이 미간을 좁혔다.

"그깟 결시? 결시가 그렇게 만만하다 이거야?"

"그럼 넌 아니냐? 수련 더 하나 안 하나 거기서 거기 아니야?"

"무슨 말을 그렇게 해? 다른 애들도 이 갈고 있다고."

"지들이 이 갈아 봤자지. 그래 봐야 용봉관생인데, 뭐."

"그러는 너도 용봉관생이거든?"

아무래도 말이 길어질 것 같았다. 운현이 여전히 풀밭에 누운 자세로 천영영을 쳐다봤다.

"하고 싶은 말이 뭔데?"

"그러니까 수련 좀 하라고. 굳이 결시가 아니라도 순무대전까지 봐야 할 것 아니야? 패천성 쪽에서 어떤 애들이 나올지 알고?"

운현이 픽 하고 웃음을 흘렸다.

"결시나 순무대전이나……."

딱히 다를 것이란 생각이 들지가 않았다. 패천성의 후기지수들이나 정무맹의 후기지수들이나 거기서 거기일 게다. 지난 순무대전의 역사가 그것을 말해 줬다.

"대체 왜 그러는 건데? 이유나 좀 알자. 뭣 때문에 이렇게 늘어진 건데?"

오늘은 작정을 했는지 천영영이 물고 늘어졌다. 그러나 운현은 다시 입을 다물었다.

그 모습에 천영영이 얼굴을 찡그렸다.

"너 진짜 이럴 거야? 이제 나는 상대도 안 하겠다는 거야?"

"그게 아니고."

"그게 아니면 뭔데? 이유라도 좀 알자고. 이유라도 알아야 뭘 해 볼 것 아니야?"

운현이 천영영을 힐끔 쳐다봤다.

"네가 해 보긴 뭘 해 봐? 네가 그걸 왜 해?"

"어? 그건……."

천영영이 눈에 띄게 당황한 얼굴을 했다.

운현이 픽 하고 웃음을 짓더니 다시 하늘을 쳐다봤다. 그리고는 조금 시간이 지난 후에 목소리를 흘리듯이 말했다.

"시시해서."

"응?"

당황하던 천영영이 눈을 동그랗게 떴다. 운현이 이번에는 또렷한 목소리로 대꾸했다.

"시시하다고. 시시해 죽겠어. 그래서 하기 싫어."

뜻밖의 말에 천영영이 어이가 없다는 표정을 짓던 그때.

"너희들 거기서 뭐 하냐?"

뜻밖의 말에 천영영이 어이가 없다는 표정을 짓던 그때.

"너희들 거기서 뭐 하냐?"

주진성이 두 사람 곁으로 다가왔다. 운현이 주진성의 뒤를 따르는 소무결을 힐끗 쳐다보며 말했다.

"넌 또 왜 왔어? 무호반 주제에 수신각을 제 집 드나들 듯하고 있어."

주진성이 얼굴을 찡그렸다.

"치사하게 진짜. 내가 더러워서……."

"더러워서 뭐? 이제 안 오겠다고?"

"아니. 네가 언제까지 그러나 끝까지 가 볼려고. 오늘부터는 오전 수련시간 빼고는 여기서 먹고 자고 하련다."

주진성이 뻔뻔한 얼굴로 대꾸하자 운현이 얼굴을 찡그리며 고개를 저었다.

"미친놈."

그리고는 시선을 돌려 소무결을 쳐다봤다.

"넌 어딜 그렇게 쏘다니는 거야? 얼굴 한 번 보기 힘들다, 자식아."

운현의 타박에 소무결이 얼굴을 찡그렸다.

"안 그래도 나도 짜증 나 죽겠다고. 사부가 이리저리 끌고 다니는 바람에……."

소무결의 말에 운현이 상체를 일으켰다.

"안 그래도 요즘 정무맹이 뒤집어졌던데, 너희 사부 대체 뭘 하고 다는 거야? 여태껏 잠잠하다가 이제 와서 무슨 생각으로 정무맹을 뒤집어 놓는 거래?"

최근 비연각의 각주부터 시작해서 구성원이 무더기로 교체되었다. 그 탓에 정무맹이 시끌벅적했고, 어딜 가나 그 얘기라 모른 체하고 지내려 해도 모를 수가 없었던 것이다. 그런데 소무결은 고개를 절레절레 저었다.

"그 영감탱이 속을 내가 어떻게 알아? 나도 궁금해서 죽을 지경이다. 근데 물어봐도 답을 안 해 주니 원……."

그리고는 다시 운현을 내려다봤다.

"근데 넌 언제까지 이러고 있을 거야? 수련 안 해?"

운현이 입을 다물고 딴청을 부렸고, 옆에 있던 천영영이 대신 대꾸했다.

"시시하대."

"헐. 아직도?"

소무결이 헛웃음을 흘리며 말했다. 그런데 말이 좀 이상했다. 여태껏 시큰둥한 반응으로 일관하던 운현이 귀를 쫑긋거리며 반응했다.

운현이 슬며시 상체를 일으키더니 소무결을 쳐다봤다.

"아직도? 아직도? 너 혹시 뭐 아는 거 있냐?"

"당연한 거 아냐? 그날 너 혼자 싸운 것도 아닌데."

"아, 맞다. 그날 너도 싸웠지? 근데 넌 왜 멀쩡한 거냐? 막 시시하고 힘 빠지고 그러지 않아? 난 아무것도 하기 싫던데."

소무결이 픽 하고 웃었다.

"고작 고거 싸웠다고 생색은."

"이게 어딜 봐서 생색이야, 자식아? 나 막 사람도 죽였다고."

"나도 죽였거든? 명진이 놈은 더 죽였고."

가만히 얘기를 듣던 주진성이 침을 꿀꺽 삼켰다.

"너희들 진짜 사람도 죽였어?"

소무결이 어깨를 으쓱했다.

"살려면 어쩔 수 없었어. 진짜 우릴 죽이려고 덤비더라고."

"진짜? 그럼 영영이도?"

주진성이 천영영을 힐끗 돌아봤다. 소무결이 고개를 저었다.

"아니. 쟤는 늦게 와서."

"그건 다행이네."

주진성의 말에 천영영이 주진성을 쳐다봤다. 동시에 소무결이 눈매를 좁혔다.

"뭐가? 뭐가 다행인데?"

"아무래도 좀 그렇잖아. 쟤 손에 피 묻히는 건 좀……."

"뭐래, 이 자식이. 그럼 나는 손에 피 묻혀도 괜찮고? 그게 뭔 개떡 같은 소리야?"

소무결이 주진성을 타박했다. 천영영은 주진성을 계속

해서 힐끔거렸다. 천영영의 시선을 느낀 주진성이 어색하게 웃었다.

운현은 그러한 기색을 신경도 쓰지 않은 채 제 할 말을 이어 갔다.

"시끄럽고. 내 말에나 대답해 봐. 넌 막 시시하고 그러지 않아?"

조금이라도 삐끗하면 목숨이 왔다 갔다 하는 전장에서 팽팽한 긴장감에 근육이 쫄깃해지는 경험을 한 그들이었다. 살기가 난무하고 피가 마구 튀기는 싸움을 치른 뒤부터는 용봉관 생활이 시시해지기 시작했던 것이다.

"나도 그렇긴 했지."

"그렇긴 했지? 지금은 안 그렇고?"

"좀 지나니까 괜찮아지던데? 근데 넌 생각보다 오래간다."

소무결이 이상하다는 눈으로 운현을 쳐다봤다. 그러나 이내 생각나는 것이 있던지 손가락을 딱 하고 튕겼다.

"아, 그래서 그런가?"

"뭔데? 뭐 짚이는 거라도 있어?"

소무결이 고개를 끄덕였다.

"그래. 하나 짚이는 게 있긴 한데……."

"그게 뭔데? 넌 어떻게 그렇게 빨리 벗어난 건데?"

"그러니까 긴장감이 문제 아니야? 그러면 긴장감을 가지면 되는 거지."

"야, 그게 말처럼 그렇게 쉽냐?"

운현이 얼굴을 찡그렸다.

"돼. 된다고. 나 보면 몰라?"

"진짜야? 방법이 있어?"

소무결이 은근한 눈길로 운현을 쳐다봤다.

"그렇다니까. 너도 한번 해 볼래?"

"이 자식이 그걸 지금 말이라고. 그런 방법이 있었으면 진작 말해 줬어야 할 거 아냐? 누가 거지 아니랄까 봐 좋은 건 저 혼자 처먹으려고."

"여기서 거지가 왜 나와? 물어보지도 않아 놓고. 어쨌든 할 거란 말이지?"

"당연하지. 당장 시작하자. 어떻게 하면 되는 건데?"

운현이 자리에서 벌떡 일어섰다. 그런데 뒤따라 일어서던 천영영이 불안한 눈으로 소무결을 쳐다봤다.

"무결이 너 설마 그거……."

소무결이 급하게 천영영의 입을 틀어막았다.

"설마는 뭐가 설마야? 넌 그냥 가만히 있어. 얘가 하고 싶다잖아."

그리고는 운현의 팔을 잡아끌었다.

"가자. 네 말대로 당장 시작하자."

천영영이 여전히 불안한 눈으로 둘의 뒤를 따랐다. 주진성이 천영영을 힐끔거리며 말했다.

"왜? 너 뭔가 아는 거 있어?"

천영영은 한숨만 푹푹 내쉬었다.

그러는 사이 자신의 연공실에 도착한 소무결이 문을 활짝 열고 운현을 쳐다보며 고개를 까딱거렸다.

"들어가 봐."

"응? 네 연공실에?"

"그래. 얼른 들어가."

운현이 고개를 갸웃거리며 소무결의 연공실로 들어서자, 소무결이 기다렸다는 듯이 쾅 하고 문을 닫아 버렸다.

운현이 미간을 좁혔다.

"이게 뭐 하자는……."

운현은 말을 끝까지 잇지 못했다. 소무결이 다시 연공실의 문을 활짝 열어젖힌 까닭이다.

"아, 깜빡했다."

소무결이 모용기가 했던 것처럼 운현의 몸을 손가락으로 툭툭 찍었다. 모용기에 비해 조금 느리기는 했지만 효과는 확실했다. 내력이 틀어막히며 몸이 급격히 무거워졌다.

운현이 얼굴을 찡그렸다.

"너 또 무슨 개새끼들 집어넣을 건 아니지? 그건 겁도 안 난다고."

천영영과 달리 운현은 눈치가 느렸다. 관심을 잃은 탓에 그쪽으로 머리가 굴러가지 않는 것이다.

'이 자식이 머리가 나빠서 다행이라니까.'

소무결이 헤실거리며 고개를 저었다.

"안 해. 안 해. 그 정도로 간에 기별이나 가겠냐?"

그리고는 철전 하나를 꺼내 들더니 냅다 던져 버렸다.

픽!

순간 맹렬한 기세로 날아든 철전이 방 한구석에 놓여 있던 시커멓고 둥그런 물체를 박살 냈다.

소무결이 히죽 웃었다.

"그럼 잘해 봐."

그리고는 다시 쾅 소리가 나도록 문을 닫아 버렸다.

운현이 얼굴을 찡그렸다.

"대체 뭐가 뭔지……."

우우웅!

"응?"

난데없이 들려온 소리에 투덜거리던 운현이 몸을 흠칫 떨었다. 그리고는 저도 모르게 슬며시 고개를 돌리다가 입을 쩍 벌렸다. 벌떼가 시커먼 연기가 뭉친 것처럼 순식간에 고개를 쳐들고 있었던 게다.

"어? 어? 저……."

받아들이기 버거운 상황에 운현이 잠시 정신을 놨다.

그러나 한순간 따끔거리는 느낌에 이내 정신줄을 잡으며 기겁을 했다.

"아! 아야! 이, 이거! 소무결 이 개자식아! 으아악!"

끊임없이 비명을 질러 대는 운현이었다.

그 시각, 밖에서 그 소리를 듣던 소무결이 뭔가 깨달았다는 얼굴로 연신 헤실거렸다.

"이야. 내리사랑이라고. 이게 이렇게 좋은 거였구나."

천영영이 얼굴을 찡그렸다.

"저거 정말 괜찮을까? 진짜 큰일 날지도 모르는데."

"괜찮아."

"아니, 저거 진짜……."

"아 거참, 진짜 괜찮다니까? 다 해 보고 하는 소리야. 나봐. 잘 살아 있잖아."

그러나 천영영은 여전히 얼굴을 풀지 않았다.

가만히 있던 주진성이 눈치를 봤다.

"왜? 왜 그래? 무슨 일인데?"

소무결은 아무 것도 모른다는 얼굴의 주진성을 쳐다보고는 기분이 좀 더 좋아졌다. 그래서 친절한 얼굴로 주진성의 어깨에 손을 올렸다.

"이제 너도 신법 수련해야지? 그동안 나한테 혈도 잡힌다고 개고생했는데."

그 말에 주진성이 운현의 일은 까맣게 잊고는 반색을 했다.

"진짜? 이제 그래도 돼?"

"그럼. 너 운신법 가르쳐 주려고 그 짓 한 건데 이제 다 된 것 같아. 오늘부터 당장 시작할까?"

이번에는 주진성이 반응하기도 전에 천영영이 화들짝 놀랐다.

"애한테 운신법 가르치겠다고? 그걸 기아가 허락했어?"

소무결이 당연하다는 얼굴로 고개를 저었다.

"당연히 아니지. 물어보지도 않았어."

"그런데 가르치겠다고? 너 어쩌려고?"

"괜찮아. 괜찮아. 우리 사부한테 알려 준다고 했을 때도 아무 말도 안 하더라고."

"그건 너희 사부니까……."

"참 걱정도 많다. 괜찮다니까. 어차피 내가 가르치는 건 한계가 있어서 그 자식은 신경도 안 쓸걸?"

"그렇긴 한데……."

"그렇긴 한데가 아니라 진짜 괜찮다고."

소무결이 확신을 담은 얼굴로 말했다. 그때 천영영이 눈을 반짝였다.

"진짜? 진짜 괜찮겠지?"

"어? 그렇다니까."

"그럼 나도 운설이한테 가르쳐 줘도 돼?"

"응? 누구?"

"운설이라니까. 운설이 가르쳐도 되지?"

소무결이 떨떠름한 얼굴을 했다.

"운설이? 음, 개는 좀……."

"왜? 운설이가 어디가 어때서? 게다가 걔는 기아 소꿉친구잖아."

소무결이 얼굴을 찡그렸다. 유리한 것만 말하고 불리한 건 쏙 뺐기 때문이다.

"걔 때문에 기아 자식이 개고생한 건 왜 빼먹냐?"

"어? 그건……."

천영영이 일순 당황한 얼굴을 했다. 그러나 이내 얼굴을 고치며 고집을 부렸다. 천영영이 주진성을 향해 턱짓을 했다.

"기아랑 싸운 건 쟤도 마찬가지잖아."

"마찬가지긴 뭐가 마찬가지야? 얘는 그냥 두들겨 맞은 게 다인데."

주진성이 얼굴을 구겼다.

"이 자식은 말을 해도 꼭……."

"그럼 아냐?"

주진성이 끙 하고 앓는 소리를 내더니 입을 닫아 버렸다.

천영영이 둘을 번갈아 가며 쳐다보더니 다시 말했다.

"어쨌든 나도 운설이 가르친다?"

"그걸 왜 나한테 물어봐? 난 몰라. 네가 알아서 해. 책임도 네가 지고."

천영영이 얼굴을 찡그렸다.

"치사하게."

"치사하긴 개뿔. 다시 말하지만 네가 알아서 해. 그럼 우린 가자."

소무결이 주진성을 잡아끌었다. 그리고 얼마 지나지 않아 주진성은 운현보다 더 크게 고함을 질러 댔다.

"으아악! 소무결 이 개자식아!"

소무결이 상쾌한 얼굴로 히죽거렸다.

"이야. 기분 좋다!"

이영화의 품에 안긴 제갈연의 얼굴에서 핏기가 쏙 빠졌다. 그리 쌀쌀하지 않은 날씨임에도 연신 몸을 달달 떨었다. 입술은 새파랗게 질렸고, 아랫니와 윗니가 쉴 새 없이 부딪치며 딱딱거렸다.

그 모습을 바라보던 이영화가 안쓰럽다는 얼굴로 제갈연의 등을 쓰다듬었다.

"좀 괜찮니?"

"괘, 괜찮…… 으으……."

그러나 말을 끝내기도 전에 신음부터 흘러나왔다. 속을 칼로 마구 긁어 대는 듯한 느낌에 참을 수가 없었던 게다.

이영화가 안절부절못했다.

"이걸 정말 어쩌면 좋아?"

독이다.

육경사의 오독과 제독단의 독이다.

간신히 균형을 맞춰 놨다고는 하나 여전히 불안정했다. 그래서 가끔씩 이렇게 충돌하는 게다.

모용기가 얼굴을 구겼다.

"젠장."

어떻게든 해 주고 싶었지만 방법이 없었다. 섣불리 내력이라도 불어넣었다간 당화기가 어렵게 맞춰놓은 균형이 깨질 수도 있어서 그러지도 못했다. 그저 두 손 놓고 지켜봐야만 했다.

아무것도 하지 못한다는 무력감에 모용기가 치를 떠는 사이, 명진이 박강진을 쳐다봤다.

"어떻게 방법이 없겠습니까?"

박강진이 고개를 저었다.

"나는 이런 일에는 도통……."

자신이나 이영화나 외상은 볼 줄 알아도 내상에는 속수무책이었다.

명진이 얼굴을 찡그리다가 이내 다시 말했다.

"오늘은 여기서 쉬죠."

"벌써? 이제 반나절만 가면 하문인데."

"이미 시간이 늦었습니다. 더 싸늘해지기 전에 바람 피할 곳을 찾고 불이라도 피워야 할 것 같습니다."

박강진이 아쉬운지 입맛을 쩝쩝 다셨다.

그러나 명진의 말대로 이미 땅거미가 내려앉고 있었다. 본격적으로 어둠이 내리면 날이 더 쌀쌀해질 게다. 제갈연이 버티려면 그 전에 불이라도 피워야 할 것 같았다.

박강진이 고개를 끄덕였다.

"이보게. 수광이, 혁진이."

막수광과 장혁진은 여전히 답이 없었다. 말없이 수레만 몰 뿐이다.

박강진은 신경도 쓰지 않고 제 할 말만 이어 갔다.

"오늘은 이쯤에서 쉬세."

그러나 답만 없을 뿐 귀까지 먹은 것은 아니었다. 수레의 속도가 점점 느려지며 하룻밤 머물 곳을 찾기 시작했다.

불을 쬐고 따뜻한 음식을 먹자 제갈연의 얼굴이 한결 나아졌다.

이영화가 나서서 안정이 된 그녀를 이끌고 나뭇가지 등을 꺾어 얼기설기 엮은 움막으로 들어갔다. 조잡하기 이를 데 없지만 찬바람이나 밤이슬 따위를 막아 주기에는 충분했다.

그 모습을 물끄러미 쳐다보던 모용기는 괜히 모닥불을

쑥석였다. 심란한 마음이 얼굴에 그대로 드러났고, 그 기색을 눈치 챈 일행은 자연스레 숨을 죽였다.

서늘한 물기를 담은 가을밤의 바람이 일행을 훑고 지나가는 가운데 부엉이 소리만이 간헐적으로 들려오며 일행의 어색한 분위기를 조금이나마 희석시켜 주려 노력하는 듯했다.

그리고 그 부엉이 소리에 힘입은 장혁진이 막수광을 쳐다봤다.

"형님."

"알겠다. 내가 가 보마."

막수광이 고개를 끄덕이며 주섬주섬 자리에서 일어섰다. 그러나 쉽게 발걸음이 떨어지지 않는지 그 자리에서 망설이는 것처럼 보였다.

그리고는 한참이나 지난 후에야 겨우 발걸음을 떼 모용기에게 다가갔다.

모용기가 고개도 돌리지 않은 채 질문했다.

"뭐야?"

막수광이 얼굴을 찌푸렸으나, 이내 고개를 절레절레 저으며 다시 말했다.

"할 말이 있다."

"해."

단답형의 말투에서 귀찮아하는 그의 심사가 그대로 묻어

났다.

슬슬 짜증이 나려는 막수광이었다. 그러나 자신의 용무가 더 급한 것이었기에 억지로 짜증을 억누른 그가 주위를 휘휘 둘러봤다.

명진은 제 생각에 빠져서 관심도 없는 듯했지만, 박강진은 눈을 초롱초롱하게 뜨고 자신들을 쳐다보고 있었다.

막수광이 헛기침을 했다.

"흠흠. 여기서?"

"그럼? 어디 가기라도 하게? 그냥 여기서 해."

막수광이 한숨을 푹 내쉬었다. 그리고는 어쩔 수 없다는 얼굴로 모용기의 옆에 털썩 주저앉았다.

"너희들, 가족 아니지?"

"알면서 뭘 물어봐? 다시 확인이라도 시켜 줘?"

막수광의 얼굴이 조금 붉어졌다. 계속해서 툴툴거리는 모용기의 태도에 참아 보려고 해도 연신 짜증이 올라오는 게다.

"자네, 말 계속 그렇게 할 건가?"

그제야 모용기가 막수광을 쳐다봤다. 까만 눈동자가 불빛을 받아 검붉은 빛을 띠며 일렁거렸다.

"아, 그래요? 예의 차려 줘요? 강도한테 어떤 예의를 보여야 합니까? 칼질하면 되나요? 진짜 한번 해 봐?"

막수광이 움찔하며 몸을 떨었다.

'젠장!'

아무래도 시기를 잘못 잡은 것 같았다. 기분이 상당히 가라앉아 있는 것 같았다. 지금은 물러나는 게 좋을 것 같았지만, 하문이 코앞이라 그럴 수도 없었다.

막수광이 어금니를 악물었다.

"싸우자고 한 게 아니다. 할 말이 있다."

"하라고. 누가 못 하게 했어?"

막수광이 끙 하고 앓는 소리를 냈다. 그러나 아쉬운 것은 자신이라 제 속내를 털어놓을 수밖에 없었다.

"하문으로 가는 건가?"

"그러니까 다 알면서 왜 자꾸 물어보냐고? 아저씨 변태야? 할 일이 그렇게 없어?"

이건 숫제 고슴도치였다. 건드리기만 해도 콕 찌를 것처럼 가시를 세워 댔다.

결국에는 먼저 포기한 막수광이 이제는 담담한 목소리로 입을 열었다.

"문제가 있다."

"뭔 문제? 아, 아니다. 말할 필요 없어. 아저씨 문제지 우리 문제는 아니니까."

"꼭 그렇게 생각할 건 아니다. 우리랑 같이 가는 이상 너희에게도 불똥이 튈 테니까."

모용기가 얼굴을 찡그렸다. 그리고는 그제야 관심을 드러내기 시작했다.

"왜? 무슨 문젠데?"

"하문에서 사람을 죽였다. 우리가 돌아가면 필시 문제가
될 거다."

모용기가 픽 하며 웃음을 흘렸다. 사람이 죽는 것은 비일
비재한 일이기 때문이다. 딱히 큰 문제는 아니었다.

"난 또 뭐라고. 난 뭐 큰일이라도 있는 줄 알았잖아."

"그게 그렇게 단순하지가 않다."

"뭐래, 이 아저씨가. 사람 하나 죽인 거 가지고. 다른 사
람들은 신경도 안 쓸 건데 혼자 호들갑이야. 왜? 현령이라
도 죽였어?"

그 순간 막수광의 얼굴이 딱딱하게 굳어졌다.

막수광의 표정을 확인한 모용기가 황당하다는 얼굴을 했
다.

"뭐야? 진짜 현령이야?"

막수광이 천천히 고개를 끄덕였다.

"이런 젠장!"

모용기가 똥 씹은 얼굴을 했다.

모용기가 현령 얘기를 괜히 꺼낸 것이 아니었다. 회귀 전
에 막수광으로부터 들은 것이 있기 때문이다. 다만 그게 지
금일 줄은 생각조차 못 했다.

'똥 밟았네. 왜 하필 지금……'

얼마 전에 제갈연에게 농담처럼 했던 말이 현실이 될지도 모르겠다는 생각이 들었다. 막수광과 장혁진이 하문에 나타나는 순간 관아에서 벌떼처럼 달려들 게다. 진짜로 다 죽여야 할지도 모를 일이었다.

"아무래도 이쯤에서 헤어지는 것이 좋겠다. 변명처럼 들리겠지만, 그때 정말로 죽일 생각은 없었다. 그저 돈이나 좀 빼앗으려고 했던 것뿐이다."

모용기가 막수광을 물끄러미 쳐다봤다.

막수광의 말대로 이쯤에서 헤어지는 것이 현명한 선택이었다. 괜한 위험을 짊어지고 가기에는 가야할 길이 많이 험했다. 줄일 수만 있다면 위험은 조금이라도 줄여야 했다.

그러나 모용기는 정답을 두고도 선뜻 채택하기가 어려웠다.

'지금 놔주면 안 되는데.'

다시 같은 일을 반복할 생각은 없었다. 그러자면 막수광을 옆에 꼭 붙여 둬야 했다. 막수광만이 아니라 장혁진도 마찬가지였다.

잠시 고민하던 모용기가 무슨 생각이 들었는지 박강진을 쳐다봤다.

"아저씨."

멀뚱멀뚱 쳐다보던 박강진이 흠칫 몸을 떨더니 한 박자 늦게 대꾸했다.

"……왜?"

"다른 게 아니고 이 아저씨들 얼굴도 고칠 수 있을까요?"

"으, 응?"

"이 아저씨들 얼굴 고칠 수 있냐고요."

박강진이 막수광과 장혁진을 쳐다봤다.

"그게 어렵지는 않다만……."

그러나 곧 내키지 않는다는 얼굴로 고개를 저었다.

"꼭 그렇게 해야겠나? 저 친구 말대로 이쯤에서 헤어지
는 게……."

모용기가 고개를 저었다.

"아니에요. 데려갈 거예요. 아침에 이 아저씨들 얼굴 좀
고쳐 줘요."

박강진이 얼굴을 찡그리면서도 딱히 거절의 말을 하지는
않았다. 자신은 길잡이일 뿐, 어쨌든 일행을 이끄는 건 모
용기였기 때문이다. 자신은 맡은 본분에 충실하면 될 일이
었다.

그런데 막수광의 생각은 달랐다.

"왜 그렇게 우릴 데리고 가려는 거지? 무슨 이유로?"

"내가 전에 말해 줬는데, 내 말 못 들었어?"

"무슨 말을 말하는 건가?"

"왜 내가 전에 말했잖아. 죽을 때까지 끌고 다니면서 괴
롭혀 준다고. 기억 안 나?"

막수광이 황당하다는 얼굴을 했다.

"농담 아니었나? 진심이었나?"

"그것도 전에 말했는데. 아저씨한테는 농담 같은 것 안 한다고."

"아니, 그게 무슨……."

"시끄럽고. 잘 따라다니기나 해. 실컷 괴롭혀 줄 테니까."

"아니, 그게 그러니까……."

그러나 모용기는 이미 막수광의 말을 듣고 있지 않았다. 갑자기 미간을 좁히더니 슬쩍 시선을 돌렸다.

"이거 어딘가 낯익은 기척인데."

"응? 그건 또 무슨 말인가?"

"아니, 아저씨한테 한 말이 아니고."

그 순간 명상을 하고 있던 명진이 자리에서 벌떡 일어서더니 눈을 가늘게 뜨며 날을 세웠다.

모용기와 명진의 기색이 심상치 않자 박강진이 불안한 얼굴로 눈치를 봤다.

"왜? 무슨 일인데?"

모용기가 박강진에게 손짓했다.

"아저씨. 아저씨는 움막 앞에 가 있어요."

"으, 응? 그럴까?"

박강진은 더 이상 의문을 품지 않고 냉큼 자리를 옮겼다.

의문을 푸는 것보다 사는 게 먼저였기 때문이다.

그리고 박강진이 자리를 옮기기 무섭게 회색으로 무성한 수풀이 흔들리기 시작하더니 여섯 개의 인영이 불쑥 튀어나왔다.

막수광이 자리에서 벌떡 일어섰다.

"누구냐!"

명진은 말없이 검을 뽑아 들었다.

스르릉.

장혁진이 불안한 얼굴로 막수광의 뒤로 다가갔다.

"혀, 형님."

막수광이 도를 뽑으며 다시 한 번 크게 외쳤다.

"누구냐고 물었다!"

그리고 막수광의 물음에 응답이라도 하듯이 여섯 개의 인영 중에서 가장 덩치가 큰 인영이 앞으로 한 걸음 나섰다.

"지나가던 사람들인데 불을 좀 빌릴 수 있을까 싶어서요. 밤이 늦어서 불을 지피려니 어설프네요. 사정 좀 봐주십시오."

덩치 큰 사내가 양손을 공손히 모았다.

그 틈을 타 막수광이 상대를 조심히 살폈다. 어두워서 자세히 보이지는 않지만 체형으로 봐서는 남자 넷에 여자가 둘이었고, 딱히 적의는 느껴지지 않았다.

막수광이 모용기를 힐끔거렸다.

"어떻게 할까?"

모용기는 새로 나타난 이들에게 눈길조차 주지 않은 채 여전히 모닥불을 뒤적거렸다. 그러다가 막수광의 말에 그제야 자리에서 일어서며 느긋하게 시선을 돌렸다.

"불 정도야 조금 나눠 주면…… 응?"

모용기의 두 눈이 동그랗게 떠졌다.

'어쩐지 익숙하다 했더니. 저 자식이 왜 여기 있어?'

모용기가 황당하다는 얼굴을 했다.

그런 모용기를 마주한 덩치가 큰 사내.

어디를 가나 눈길을 끌게 생긴 시원시원한 이목구비가 인상적인 사내.

철무한이 정중한 얼굴로 다시금 양손을 모았다.

"이렇게 부탁드리겠습니다. 사정을 봐주십시오."

석대림이 긴장한 얼굴을 했다.

"형님, 아무래도 안 될 것 같은데요."

모용기가 얼굴을 찌푸렸다.

"이 새끼. 대주님이라고 부르라니까."

"거 호칭이야 어떻습니까? 형님이나 대주님이나. 그보다 지금 그게 중요한 게 아니잖아요. 저러다 무한이 형님 뺨 맞을지도 모르는데."

석대림이 다른 탁자에서 새침한 얼굴을 한 여인과 얘기를 나누고 있는 철무한을 연신 힐끔거렸다.

"서안의 설중화는 정말 쉽지가 않다고요. 저러다가 소리라도 지르면 근처에 있는 놈들이 죄다 몰려들 텐데. 저, 저, 안 보이세요? 주변에서 눈에 불을 켜고 있는 놈들."

설중화 유혜민 때문인지 주변에는 사내들이 가득했다. 각자 옷을 멋들어지게 차려입고 머리를 단정히 한 것은 필시 유혜민의 관심을 끌기 위함이리라. 석대림의 말대로 유혜민이 소리라도 지른다면 좋은 꼴을 보기 어려울 터였다.

그러나 모용기는 픽 웃으며 대꾸했다.

"너 세상에서 제일 쓸데없는 걱정이 뭔지 아냐?"

"그게 뭔데요?"

"무한이 자식 여자 문제 걱정. 그거 진짜 쓸모없어. 그러니까 신경 꺼."

"아니, 그것도 상대가 다르잖아요? 서안의 설중화라고요, 설중화! 서안 최고의 미녀! 얼마나 콧대가 높은데……."

모용기는 석대림의 말을 들은 체 만 체하며 명진을 돌아봤다.

"야."

"왜?"

"이번엔 얼마나 걸릴 것 같냐?"

명진이 철무한을 힐끗 돌아봤다. 그리고는 툭 던지듯이 내뱉었다.

"반각."

"음. 반각은 너무 짧지 않을까? 대림이 말대로 콧대 높기로 소문난 설중화인데."

"그럼 넌 얼마나 보는데?"

모용기가 짧은 순간 머리를 굴렸다. 그리고는 히죽 웃으며 대꾸했다.

"일각."

명진이 고개를 끄덕였다.

"내기할까?"

"내기 좋지. 뭐로 할까?"

명진의 눈이 모용기의 검으로 향했다. 이번에 무슨 장군인가를 죽이고 얻은 검인데 가만히 둬도 흐르는 예기가 인상적인 검이었다.

모용기가 움찔하며 몸을 떨더니 검병을 손으로 잡았다.

"설마 이거?"

명진은 말없이 고개를 끄덕였고, 모용기가 얼굴을 찡그렸다.

"이거 비싼 거 같은데……."

"어차피 이기면 될 거 아닌가? 네가 나보다 무한이 놈 더 잘 안다며."

"그렇긴 한데."

모용기가 철무한을 힐끔거렸다. 그러고도 부족해서 석대림에게 다시 한 번 확인했다.

"야, 설중화 콧대 높은 거 확실하지?"

"그렇다니까요. 저러다가 무한이 형님 진짜 뺨 맞는다니까요."

그 말을 들은 모용기가 히죽거리며 고개를 끄덕였다.

"좋아. 그럼 난 금자 열 개."

"좋다."

명진이 고개를 끄덕이더니 품에서 전낭을 꺼내 탁자 위에 올려 뒀다. 금붙이가 짤그락거리는 소리가 귀를 잡아끌었다.

'모처럼 홍루라도 갈까?'

모용기가 히죽 웃음을 보였다. 그러나 그 웃음은 오래지 않아 사라지고 말았다.

철무한이 환하게 웃으며 일행에게 유혜민을 소개했기 때문이다.

"인사해라. 여긴 서안의 유 소저. 이쪽은 제 친구들입니다."

유혜민이 손으로 입을 가리고는 수줍게 웃으며 인사했다.

"안녕하세요. 유혜민입니다."

눈 속에서 꽃이 피어났다.

그러자 석대림이 입을 헤벌린 채 넋을 놨고, 사방에서 탄식이 터져 나왔다.

"허……."

"이런……."

일부는 믿을 수 없다는 얼굴을 했다.

"말도 안 돼…… 유 소저가 어찌, 어찌……."

"아냐! 이건 아니라고!"

흐뭇한 얼굴을 하던 명진이 모용기를 향해 손을 내밀었다.

"내놔."

모용기가 철무한을 보며 억울하다는 얼굴을 했다.

"평생 도움이 안 되는 새끼."

"이야, 이거 맛있네요. 잘 먹었습니다."

노숙을 하면서 먹는 음식이라고 해 봐야 뻔했다. 희멀건 국물에 육포 몇 조각이 든 죽이 전부.

그러나 철무한은 넉살좋게도 연신 맛있다는 감탄사를 뱉어 냈고, 감사의 인사를 하는 것도 잊지 않았다.

그 모습에 박강진이 한결 마음이 놓인 표정으로 웃으며 고개를 끄덕였다.

"자네는 참 예의가 바르군."

박강진의 말에 철무한의 옆에 있던 호리호리한 체격에 서생 차림의 소년이 먼저 반응했다.

"그렇죠? 우리 공자님이 가정교육 하나는 참 잘 받았다니까요."

모용기가 서생 차림의 소년을 쳐다봤다.

'정주형.'

호리호리한 체격에 실없어 보이는 미소를 달고 사는 녀석이라 얼핏 보기에는 만만해 보이기도 했다.

그러나 겉모습만 보고 우습게 여기다가는 큰코다친다. 사천당가와 함께 독공의 양대 산맥이라 일컬어지는 독곡의 후계자답게 헤실거리는 얼굴 이면에는 지독하다 싶을 정도로 독한 성정을 감추고 있었기 때문이다.

'이 녀석도 오랜만이네.'

모용기는 모처럼 본 정주형이 반가웠다. 철무한이나 명진보다 더 반갑게 느껴졌다. 끝까지 함께했던 철무한이나 명진과 달리, 황궁에 쳐들어가기 오 년 전에 죽은 녀석이라 더 그랬다.

상황이 상황인 만큼 그 반가움을 표현하지 못하는 게 아쉬울 뿐이었다.

모용기가 히죽거리며 정주형을 힐끔거리는데, 이번에는 철무한만큼이나 번듯해 보이는 인상의 소년이 정주형을 타박했다.

"말조심해라. 공자님께 그게 무슨 말버릇이냐?"

이번에도 정주형만큼이나 반가운 얼굴이었다.

'고민우.'

천중문의 후계자로 정주형과 항상 붙어 다니더니 죽음까지 함께한 고민우다. 꼼꼼한 성격에 셈이 빨라서 제갈연이 합류하기 이전까지 참룡대의 안살림을 도맡다시피 했던 녀석이었다.

'저 자식이 아니었으면 싸우다 죽는 게 아니라 굶어죽었을지도 모르지.'

모용기가 실없는 생각을 하다 픽 하고 웃음을 보였다.

그러나 딱 여기까지다. 더 이상은 아는 얼굴이 없었다.

"에이. 농담인 거 다 아는데 뭐 어때? 민우 오빠는 쓸데없이 진지하다니까."

모용기가 철무한의 옆에서 생글거리는 소녀를 쳐다봤다.

이제 갓 열다섯이나 됐을까? 주먹만큼이나 작은 얼굴에도 뚜렷한 이목구비가 인상적이었다. 조금 더 나이를 먹으면 백운설이나 제갈연 못지않을 듯싶었다.

'누구지?'

모용기가 고개를 갸웃거리는 동안, 정주형이 환하게 웃으며 소녀의 말에 대꾸했다.

"그렇죠, 아가씨? 저 자식은 이상하게 날을 세운다니까요. 내가 뭐 공자님 욕한 것도 아니고."

"그럼. 민우 오빠가 이상한 거라니까. 우리 집안 가정교육 잘 시키는 거 벌써 소문 다 났는데. 나 봐. 얼마나 가정교육 잘 받은 티가 나는지."

소녀의 말에 정주형의 얼굴이 조금은 해괴해졌다. 한동안 기대하던 대답이 들려오지 않자 헤실거리던 소녀가 정주형을 쳐다봤다.

"뭐야? 왜 그래? 왜 말을 안 해?"

"그거야……."

"그거야는 무슨. 그렇게 말하면 내가 어떻게 알아들어? 말은 끝까지 해야지."

정주형이 소녀의 눈치를 조금 보다가 결국은 조그마한 목소리로 제 속을 털어났다.

"아가씨는 가정교육 독학했잖아요."

"뭐, 인마!"

소녀가 움켜쥔 손이 조막만 했다. 그러나 정주형은 과장된 몸짓으로 철무한의 뒤로 냉큼 몸을 날렸다.

"아가씨! 말로 해요, 말로!"

"내가 시작했어? 주형 오빠가 시작했잖아! 얼른 이리 안 와?"

소녀의 눈꼬리가 상큼하게 올라갔다. 중간에 낀 철무한이 한숨을 쉬었다.

"그만들 해라. 초면에 이게 무슨 실례냐?"

그러나 소녀는 여전히 씩씩거리는 얼굴로 정주형을 노려봤다.

"주형 오빠가 자꾸 약 올리잖아. 저 오빠는 편 들어줘도 맨날 저래. 이러니까 내가 화가 안 나?"

철무한이 소녀를 보며 픽 웃었다.

"네가 가정교육 독한한 건 사실이지 않나?"

소녀가 예쁜 얼굴을 와락 구겼다.

"오빠까지 이러기야? 내 편은 없다 이거지?"

소녀가 얼굴을 찡그리며 투덜거렸다. 그 모습이 귀여워서 다들 넋을 잃고 쳐다보는데, 먼저 정신을 차린 철무한이 박강진을 쳐다봤다.

"죄송합니다. 동생이 철이 없어서……."

모용기가 눈을 동그랗게 떴다.

'동생? 저 자식한테 동생이 있었나?'

들은 적이 없었던 것 같았다.

'그러고 보니 저 자식 가정사에 대해서는 아는 것이 없네?'

친한 친구라고 떠들고 다녔는데 정작 아는 것이 많지 않았던 것이다. 철무한의 아비가 패천성주 철자강이라는 것이

전부였을 정도로 철무한의 일에 대해서는 무지했다.

모용기가 미간을 좁히는데 박강진은 흐뭇한 얼굴로 고개를 저었다.

"아닐세. 활기가 있어서 좋네. 우리 애들은 영 그런 맛이 없어서……."

그리고는 모용기와 명진을 보며 혀를 찼다. 진짜 부자 관계에서나 보일 법한 얼굴이었다. 모용기가 입을 헤 하고 벌렸다.

'이 아저씨 연기 잘하네.'

무공 하나 모르는 채로 강호에서 오랜 시간을 살아남을 수 있었던 것은 다 이유가 있었던 게다.

모용기와 명진을 쳐다보며 잠시 고개를 젓던 박강진이 다시 철무한을 쳐다봤다.

"그보다 아직 나이도 어려 보이는데 보호자도 없이 어딜 그렇게 가는 겐가?"

"아, 그게……."

철무한이 난처한 얼굴로 말끝을 흐렸다. 박강진이 곤란해하는 철무한의 얼굴을 보고는 한 박자 쉬며 재차 질문했다.

"말하기 곤란한 건가?"

"사정이란 것이 있는 것이니까요."

자연스럽게 정보를 캐내려던 시도가 막혔다. 내심 속이

쓰렸지만 박강진은 아무렇지도 않다는 얼굴로 고개를 끄덕였다.

"그렇다면 할 수 없는 거고."

그러나 박강진은 아직 포기하지는 않았다. 조금만 돌아가면 된다. 그렇게 생각한 박강진이 다시 입을 열려는데, 아직까지도 쩝쩝 소리를 내며 음식을 먹고 있던 비대하게 보이는 체격의 소년이 불쑥 밥그릇을 내밀었다.

"죄송한데, 혹시 밥 더 남는 것 없어요?"

"으, 응?"

박강진이 당황한 얼굴을 했다. 벌써 다섯 그릇째였기 때문이다.

정주형이 비대한 소년의 등을 찰싹하고 때렸다. 물렁한 살이 많아서인지 유독 찰지게 들리는 소리였다.

"임무일 이 돼지 자식. 그만 좀 먹어. 벌써 몇 그릇째야?"

모용기가 미간을 좁혔다.

'임무일?'

이번에도 들은 적이 없는 이름이었다.

철무한과 함께 다닐 정도면 사파에서도 꽤 유력한 가문의 후기지수일 테고, 그 정도면 강호에 이름이 돌 법도 했다. 그런데 그렇지도 않았기 때문에 의아함이 배가됐다.

모용기가 고개를 갸웃거리는 사이 얼굴을 찡그린 임무일이 정주형을 쳐다봤다.

"얼마 안 먹었어."

"벌써 다섯 그릇이다, 이 자식아. 근데 얼마 안 먹었다고?"

"그럼 어쩌라고? 난 이렇게 먹어야 움직인다고."

"많이 움직였으면 내가 말도 안 한다. 뭘 얼마나 움직였다고."

"많이 움직인 거야. 이 정도면 내 일 년 치 움직임이거든."

"지금 그걸 말이라고. 자랑이다, 자식아. 아주 큰 자랑이야."

철무한이 이번에도 한숨을 쉬며 정주형을 향해 손짓했다.

"그만해라. 계속 이게 무슨 짓이야?"

"하지만 이 자식이……."

철무한이 말없이 고개를 저었다.

그러나 임무일은 철무한에게 관심을 주지 않고 다시 박강진을 쳐다봤다.

"진짜 죄송한데 먹을 것 더 없을까요? 제가 진짜 배가 고파서……."

박강진이 난감한 얼굴을 했다.

"이거 어쩌지? 그게 다인데."

그 말에 임무일이 얼굴을 찡그렸다.

그러나 마구잡이로 강짜를 부릴 만한 성격은 못 되었는지 임무일이 아직 덜 찬 배를 문지르며 주위를 휘휘 둘러봤다.

"풀뿌리라도 캐 먹어야 하나?"

정주형이 어이가 없다는 얼굴을 했다.

"미친놈."

그러나 임무일은 여전히 주위를 둘러보기에 바빴다. 그리고는 얼마 지나지 않아 무언가를 발견했는지 눈을 반짝였다.

"너 이거 안 먹을 거야?"

한 걸음 뒤에서 말없이 지켜보고 있던 소녀가 임무일을 쳐다봤다. 임무일이 재차 말했다.

"너 이거 안 먹을 거야? 이거 내가 먹어도 돼?"

소녀가 얼굴을 찡그렸다. 그러나 이내 고개를 끄덕였다.

그 모습을 본 정주형이 못마땅하다는 얼굴로 날을 세웠다.

"어우, 저 자식이 진짜."

"그만하라니까. 자꾸 소란 피울 거야?"

"하지만 공자님, 저 자식이 조 소저 음식까지 먹는다잖아요."

"희진이도 괜찮으니까 준 거겠지. 내버려 둬."

모용기가 소녀를 쳐다봤다.

'성이 조 씨에 이름이 희진?'

조희진이다.

이번에도 들은 적이 없는 이름이었다. 그러나 한 가지 부분이 인상적이었다.

'뭐가 저렇게 싸늘해?'

자연스레 풍기는 분위기가 명진 못지않을 정도로 차가워 보였다. 명진이 여자였다면 딱 저런 모습일 거란 생각이 들 정도였다.

모용기가 다시 철무한을 쳐다보며 한숨을 쉬었다.

'어째 저 자식 근처에는 정상적으로 보이는 인간이 하나도 없냐?'

이미 겪어 본 바 있는 정주형과 고민우도 그렇고 처음 보는 얼굴인 임무일과 조희진도 정상은 아닌 것처럼 보였다.

'근데 쟤는 이름이 뭐지?'

모용기가 눈알을 또르르 굴려 철무한의 동생이라는 소녀를 쳐다봤다. 그 순간 소녀와 모용기의 시선이 마주쳤다.

"으음."

모용기가 흠칫 몸을 떨었다. 철무한의 동생이 헤실거리며 말했다.

"왜 그래? 오빠 나한테 반했어?"

정주형이 얼굴을 찡그렸다.

"아가씨, 아무한테나 오빠라고 그러면 어쩝니까?"

"그럼 뭐라고 불러? 오빠 맞는 것 같은데."

그리고는 소녀가 모용기를 다시 쳐다봤다.

"몇 살이야?"

"어? 열여덟."

모용기가 얼떨결에 대꾸했다.

"오빠 맞잖아. 오빠는 이름이 뭐야?"

"어? 나? 모…… 아니, 박일방."

"일방이 오빠였네."

소녀가 환하게 웃었다. 그리고는 재잘거리듯 말을 이었다.

"오빠. 내가 진짜 궁금해서 그러는데, 오빠 나한테 반한 거 맞지?"

모용기가 픽 하며 웃음을 흘렸다.

"아니거든."

"에이. 아니긴 뭐가 아냐? 눈만 봐도 딱 알겠는데. 나한테 반한 거 맞잖아."

"아니라니까. 나 눈 높아. 그리고 나 되게 비싼 남자거든. 아무한테나 막 반하고 그러지 않아."

그 말에 소녀는 모용기가 그랬듯 픽 하고 웃음을 흘렸다. 그게 은근히 기분이 나빴는지 모용기가 미간을 좁혔다.

"그 웃음…… 무슨 의미야?"

"오빠가 눈이 높은지는 모르겠는데 비싸다는 건 확실히

알 것 같아서."

의미를 알 수 없는 말에 모용기의 미간이 조금 더 좁아졌
다.

"그러니까 그게 무슨 의미……."

"무슨 의미긴? 너무 비싸서 평생 안 팔릴 것 같으니까 하
는 말이지."

참룡
회귀록

斬龍
回歸
錄

28 章.

철무한 동생의 이름은 끝내 알아내지 못했다. 그러나 당장은 궁금하지가 않았다.

다른 문제가 모용기의 머릿속을 가득 채웠기 때문이다.

모용기가 철무한을 힐끔거렸다.

'저 자식을 어떻게 엮어 가지?'

무작정 패천성주를 만나러 가자니 난감했는데, 우연치 않게 길이 보이기 시작한 것이다. 철무한을 잘만 엮어 내면 의외로 쉽게 풀릴지도 모를 일이었다.

그런데 문제는 철무한을 엮을 방법이 마땅치가 않다는 것이었다.

'날이 밝자마자 떠나려고 할 텐데.'

무슨 일인지는 모르겠지만 일이 급해 보였다. 철무한을 엮을 시간이 많지 않았다.

눈을 데굴데굴 굴리며 방법을 찾던 모용기는 결국 머리를 벅벅 긁을 수밖에 없었다.

'차라리 때려 부수는 게 쉽지, 이건 내 전공이 아니라고.'

모용기가 한숨을 쉬었다. 그리고는 괜히 철무한을 째려봤다.

'그냥 팰까?'

심각한 얼굴로 고민하는 모용기였다.

그러나 모용기의 기감에 낯선 기척이 걸려들며 철무한을 구원해 줬다.

'이건 또 뭐야? 스물? 스물다섯? 서른? 서른!'

꽤 많은 숫자였다.

모용기가 눈매를 좁히는데, 뒤늦게 같은 기척을 느낀 명진이 자리에서 벌떡 일어섰다.

철무한이 명진을 쳐다봤다.

"뭐지?"

그러나 명진은 대꾸하지 않고 검부터 뽑아 들었다. 기척이 많은 것을 알아채고는 바로 긴장을 한 게다.

명진의 검을 보고 철무한이 딱딱하게 얼굴을 굳혔다.

"이게 무슨……."

그러나 철무한은 말을 끝내지 못했다.

일단의 무리가 어둠 속에서 불쑥 튀어나오더니 일행을 포위했기 때문이다.

그 사이에서 청의 무복을 입은 노인 하나가 한 걸음 나서 더니 철무한을 향해 양손을 포갰다.

"소성주, 이제 집으로 돌아갈 시간입니다."

정주형이 눈에 띄게 당황했다.

"이런, 하필 호 장로가……."

"그러게. 이거 곤란하게 됐네."

고민우도 얼굴을 찌푸렸다. 배가 고프다고 칭얼대던 임무일도 긴장한 기색이 역력했고, 조희진도 잔뜩 얼굴을 굳힌 채 철무한의 동생 앞을 막아섰다. 말단 무사부터 시작해서 장로 자리까지 꿰찬 호삼곡은 만만한 인물이 아니었기 때문이다.

"오빠, 이거 어쩌지?"

철무한이 힐끔 동생을 쳐다보더니 그제야 자리에서 일어나며 앞으로 나섰다.

"호 장로, 생각보다 대응이 빠르군요."

호삼곡이 고개를 저었다.

"느린 것이지요. 원래대로라면 소성주는 패천성을 빠져 나가서는 안 됐고, 빠져나갔다 하더라도 적어도 하문에서는 따라잡혔어야 하니까요."

"이거 우리를 너무 우습게 본 것 아니오?"

호삼곡이 고개를 끄덕였다.

"인정합니다. 우리가 소성주를 잘못 판단했습니다. 대장로가 깔아 놓은 눈과 귀를 모조리 피해 갈 줄은 생각조차 못 했으니까요. 때문에 이제는 같은 실수를 하지 않으려 합니다. 그래서 제가 직접 소성주를 모시러 온 것입니다."

철무한이 얼굴을 찡그렸다.

"굳이 그럴 필요는 없는데."

"아닙니다. 소성주는 성을 지키셔야죠. 그렇지 않으면 성이 흔들립니다."

철무한이 픽 하고 웃음을 흘렸다.

"내가 성을 비워서가 아니라 이미 성은 흔들리고 있소. 나는 흔들리는 성을 바로 세우고자 성을 나선 것이고. 성이 흔들리는 게 싫다면 나를 도와야 하지 않겠소?"

"굳이 어려운 길을 갈 이유는 없으니까요."

철무한이 눈매를 좁혔다. 동시에 목소리에 날이 섰다.

"성주가 어려운 길이고 대장로가 쉬운 길이다? 이거 어이가 없네."

그러나 호삼곡은 이미 철무한의 말을 듣고 있지 않았다.

"뭣들 하느냐? 어서 소성주와 소화 아가씨를 모시지 않고."

호삼곡의 명령에 패천성의 무인들이 조심스럽게 포위망을 좁혀 왔고, 아이들은 철무한의 중심으로 몰려들었다.

정주형이 얼굴을 찡그렸다.

"이제 어쩌죠?"

"글쎄다."

철무한이 곤란하다는 얼굴을 했다. 자신들만이라면 어떻게든 빠져나가 볼 테지만, 자신들에게 호의를 베풀었던 박강진 등이 문제였다. 화를 당할 가능성이 농후했다.

"내버려 두면 안 되겠지?"

철무한의 턱짓을 따라 시선을 쫓아간 정주형이 박강진 일행을 보고는 끙 하고 앓는 소리를 냈다.

'내버려 둬도 될 것 같은데.'

그러나 철무한의 앞에서 차마 속내를 드러내진 못하고 입을 다물어 버렸다.

명진, 막수광 등과 함께 한쪽으로 물러서서 그 모습을 물끄러미 쳐다보고 있던 모용기가 눈을 반짝였다.

'저 꼬맹이 이름이 소화였네. 아니 이게 아니고. 오호. 요것 봐라.'

어떻게 풀어 가야 할지 감이 잡히지 않았는데 운이 좋게도 틈이 생긴 것이다.

모용기가 기분이 좋은지 헤실거리며 미소를 보였다. 막수광이 긴장한 얼굴로 모용기의 옆으로 다가섰다.

"아무래도 패천성의 무리들 같아 보이는데…… 어쩔 텐가?"

모용기가 막수광을 힐끔 쳐다보며 말했다.

"아저씨는 신경 쓰지 말고 저기 박 씨 아저씨 옆으로 가서 연아나 지켜."

"연아? 고 계집애 이름이 연이었나?"

"쓸데없는 질문은 하지 말고."

막수광이 얼굴을 찡그렸다. 그러나 포기하지 않고 다시 경고했다.

"네가 패천성에 대해 잘 모르나 본데, 그게 그렇게 쉬운 일이 아니다. 자칫 잘못하면 다 죽을지도 모른다."

"말 많네, 진짜. 가서 연아나 지키라고. 내가 알아서 한다고."

모용기가 귀찮다는 기색을 팍팍 풍겼다. 그러나 장혁진마저 불안한 얼굴로 막수광을 편을 들었다.

"저, 공자님. 우리 형님의 말이 맞습니다. 자칫 잘못하면 다 죽을지도 몰라요."

모용기가 장혁진을 돌아봤다.

"죽어? 누가 죽어? 내가?"

모용기가 픽 하며 웃음을 흘렸다.

"그런 농담은 하지도 마. 재미없거든."

장혁진이 펄쩍 뛰었다.

"농담이라니요! 사람 목숨 가지고 농담하는 놈도 있습니까? 이거 진짜 심각하다고요. 자칫 잘……."

"시끄러우니까 입 다물라고. 내가 알아서 한다니까 무슨 말이 그렇게 많아? 내가 알아서 한다고. 내가 알아서 한다니까?"

모용기가 짜증을 냈다.

장혁진이 움찔하며 뒤로 물러섰다.

막수광은 어이가 없다는 얼굴로 헛웃음을 흘렸다.

"나 참, 기가 막혀서. 그럼 한번 물어보자. 대체 어떻게 하겠다는 건가?"

"어쩌긴 뭘 어째? 이렇게 하면 되지."

모용기가 한순간 검을 번쩍 뽑아 들더니 횡으로 휙 그어 버렸다. 초승달 모양의 유형화된 검기가 쉭 하고 뻗어 나갔다.

철무한을 압박하고 있던 호삼곡이 화들짝 놀랐다.

"으헉!"

머릿단이 툭 하고 떨어지며 단정하게 묶어 뒀던 머리카락이 사방으로 제멋대로 휘날렸다.

식은땀이 주르륵 흐르더니 등골이 싸해져 한동안 정신을 차리지 못하던 호삼곡이 뒤늦게 고개를 벌떡 들었다.

"어떤 놈이!"

모두의 시선을 한꺼번에 받은 모용기가 얼굴을 찡그렸다.

"개나 소나 다 피하네. 어디 문제가 생겼나? 아니면 싸움을 너무 안 했나?"

모용기가 얼굴을 찌푸리며 고개를 갸웃거렸다. 자신은 안중에도 없다는 모용기의 얼굴에 호삼곡이 이를 갈았다.

"건방진 놈."

그리고는 번쩍 손을 치켜들더니 벼락같이 소리쳤다.

"죽여라!"

그 순간 패천성의 무사들이 일제히 검을 돌렸다. 그리고는 한 동작으로 모용기를 향해 몸을 날렸다.

그 모습을 물끄러미 쳐다보던 모용기가 바닥을 툭 찍었다.

모용기의 신형이 쭉 늘어지며 검 끝이 호삼곡의 면전으로 불쑥 튀어나왔다.

호삼곡이 숨넘어가는 소리를 냈다.

"헙!"

급하게 몸을 틀며 모용기의 검을 피하는 동시에 장력을 발출했다. 호삼곡의 성명절기인 호심장이었다. 웅혼한 장력에 모용기의 머리카락이 세차게 휘날렸다.

그러나 모용기는 눈 하나 깜빡하지 않았다. 오히려 제법이란 얼굴을 했다.

"어쭈."

모용기가 검을 쑥 잡아당기더니 어느새 새파랗게 덧씌

워진 검기로 호삼곡의 장력을 난도질했다.

"으헛!"

호삼곡이 기겁을 하며 몸을 뺐다.

모용기의 검기에 난도질당한 장력이 사방으로 파편을 뿌렸다.

콰콰쾅!

사방에서 흙먼지가 피어올랐다.

모용기가 딱 두 번 검을 그었다.

쉭! 쉭!

자욱하던 흙먼지가 단숨에 흩어져 내렸다.

그 순간 네 개의 검 끝이 모용기의 요혈을 노리고 날아들었다.

모용기가 코웃음을 쳤다.

"흥!"

모용기가 상체를 숙임과 동시에 한 바퀴 휙 돌더니 한 번에 네 개의 검을 잡아냈다.

"으헉!"

"뭐, 뭐야?"

"뭐긴 뭐야? 저리 가서 쟤들이랑 놀아."

모용기가 악동 같은 얼굴을 하더니 네 개의 검을 냅다 밀어 버렸다.

이차로 날아들던 패천성의 무사들이 당황하며 소리를

질렀다.

"비, 비켜!"

"뭐, 뭐야!"

쿠당탕!

십여 개의 신형이 한 덩어리가 되어 바닥을 굴렀다.

남아 있던 패천성의 무사들이 차마 몸을 날리지 못하고 침을 꿀꺽 삼켰다.

모용기가 획 하고 검 끝을 돌렸다.

기회를 보던 호삼곡이 움찔하며 그 자리에 멈춰 섰다.

호삼곡이 딱딱한 얼굴로 입을 열었다.

"너 뭐야?"

"알면 뭐가 달라져? 그냥 닥치고 가만히 있어. 운 좋으면 살지도 모르니까."

호삼곡이 얼굴을 와락 구겼다.

모용기는 신경도 쓰지 않고 휘적휘적 걸음을 옮겼다.

"엇!"

"으헛!"

패천성의 무사들이 화들짝 놀라며 길을 열어 줬다.

모용기가 자신의 앞에 멈춰 서자 철무한이 호삼곡과 같은 얼굴로 같은 말을 했다.

"너 뭐야?"

모용기가 픽 하고 웃음을 흘렸다.

"그러니까 알면 뭐가 달라지냐고. 그보다 지금 중요한 건 그게 아닐 텐데?"

"지금 중요한 것?"

"그래. 급한 일 있는 것 아니야? 그래서 저 영감한테 잡히면 안 되는 거고."

모용기가 호삼곡을 턱짓했다.

철무한이 얼떨떨한 얼굴로 고개를 끄덕였다.

"그, 그렇지."

모용기의 미소가 한층 짙어졌다.

"나랑 거래할까?"

"거래?"

"그래, 거래. 난 저 영감 쫓아 주고 넌 내 부탁 하나 들어 주고."

듣고만 있던 호삼곡의 얼굴이 빨갛게 달아올랐다.

"이놈이! 보자 보자 하……."

촤악!

호삼곡의 발 앞에 긴 줄이 생겼다. 상황 파악이 늦은 호삼곡이 눈을 끔뻑거렸다.

"어? 어?"

그리고 뒤늦게 얼굴이 딱딱하게 굳으며 목덜미가 축축해졌다. 이번엔 검을 뽑는 것조차 보지 못한 탓이다.

"이, 이게 무슨!"

모용기가 살기로 가득한 눈을 번들거리며 경고했다.

"좀 닥치라고. 이번이 두 번째야. 세 번은 없어."

"헙!"

호삼곡이 바짝 얼어붙었다.

모용기가 만족스런 얼굴로 고개를 끄덕였다.

그리고는 철무한 등을 쳐다볼 때는 살기가 씻은 듯이 사라졌다.

모용기가 헤실거리며 말했다.

"할 거야, 말 거야? 빨리 정해."

철무한이 미간을 좁혔다.

"네가 누구인 줄 알고 거래를 하겠냐? 그 전에 넌 내가 누군지는 아는 거냐?"

"그것도 모르고 거래하자 그랬을까? 너 철무한 아니야, 철무한."

철무한이 당황한 얼굴을 했다.

"네가 그걸 어떻게……"

정주형이 험악한 얼굴로 모용기를 윽박질렀다.

"너 이 새끼! 너 뭐야? 네가 우리 공자님을 어떻게 알아?"

정주형만이 아니다. 고민우와 임무일이 사나운 얼굴로 모용기를 노려봤다.

"그것뿐인 줄 알아? 애네 아버지가 철비웅, 그러니까 비웅 철자강 맞지?"

정주형의 기세가 한결 사나워졌다.

"너 뭐야? 뭐 하는 새끼야? 죽고 싶어?"

제 딴에는 한껏 인상을 쓰지만 모용기에게는 귀엽게 보일 뿐이었다.

모용기가 다시 철무한을 쳐다봤다. 그리고는 히죽 웃음을 보였다.

"빨리 정해. 할 거야, 말거야?"

철소화가 당황한 얼굴을 했다.

"어? 저러면 안 되는데."

그러다가 호삼곡을 찍어 누르는 모용기의 모습을 보고는 눈을 동그랗게 떴다.

"말도 안 돼…… 저게 어떻게 되는 거야? 뭐가 저렇게 강해?"

호삼곡 일당을 힘으로 입을 다물게 한 모용기가 다가왔다. 심장이 콩닥콩닥 뛰기 시작했다.

'어? 어? 이게 왜 이러지?'

얼굴이 빨갛게 달아오른 철소화가 안절부절못했다.

그러나 모용기는 철소화에게 눈길도 주지 않고 철무한과 말을 나눴다.

철소화가 괜히 입술을 삐죽거렸다.

'쳇. 뭐야? 얼굴도 그냥 그런 게.'

객관적으로 보면 모용기도 잘생긴 축에 속했다. 그것도 상당히 잘생긴 축에 속했다.

그러나 철소화가 매일같이 보는 얼굴인 철무한에 비하면 손색이 많았다.

그러나 철소화는 모용기를 힐끔거리는 것을 멈추지 않았다. 계속 보다 보니 조금은 잘생긴 것 같기도 했다.

'이 정도면 괜찮은 것 아닌가?'

그러나 철소화는 철무한을 힐끔 쳐다보고는 다시 우울한 얼굴을 했다. 그러나 이내 고개를 도리도리 저었다.

'아냐. 엄마가 남자는 능력이랬어. 얼굴 뜯어먹고 살 것도 아닌데.'

철소화가 희망을 품은 얼굴을 했다. 그러다가 철무한의 얼굴을 보고는 다시 우울한 얼굴을 하기를 반복했다.

'우리 오빠만큼만 생겼으면 좋았을 텐데.'

조희진이 걱정이 담긴 얼굴로 철소화를 쳐다봤다.

"아가씨, 왜 그래요?"

"으, 응?"

"어디 불편하신 곳이라도 있으세요? 얼굴도 빨갛고. 호흡도 거칠고."

철소화가 흠칫 몸을 떨었다. 그리고는 양손으로 볼을 감싸며 말했다.

"아, 아냐. 괜찮아."

"정말이에요? 어디 불편한 것 아니고요?"

"아니라니까. 정말 괜찮으니까 신경 안 써도 돼."

조희진이 고개를 갸웃거렸다. 그러나 당장 눈앞의 상황이 더 급했기에 오래 관심을 두지는 못했다.

"알겠어요. 하지만 무슨 일이 있으면 바로 말씀해 주셔야 합니다."

"알았어, 언니. 그렇게 할게."

철소화가 고개를 끄덕였다. 그리고는 조희진의 눈치를 살피다 조금 시간이 지난 후에야 모용기를 다시 쳐다볼 수 있었다. 그 순간 모용기가 히죽 웃었다.

심장이 쿵 떨어지는 느낌이다. 철소화가 당황한 얼굴을 했다.

'내가 왜 이러지?'

간밤에 잠을 잘 자서인지 제갈연이 연신 헤실거렸다. 한결 나아진 몸 상태가 그녀의 얼굴에 그대로 드러났다.

"오늘은 좀 낫네."

제갈연이 움막 밖으로 나서며 기지개를 켰다.

"웃차!"

그러나 채 몇 걸음 옮기지도 못하고 눈을 동그랗게 떴다.

"어라?"

인원이 늘었기 때문이다. 그리고 하나같이 처음 보는 얼굴들이었다.

고개를 갸웃거리던 제갈연이 몇 걸음 떨어진 곳에 자리한 모용기를 발견하고는 방향을 잡았다.

"모…… 아니, 오라버니. 이 사람들 누구…… 어머나!"

제갈연이 모용기의 옆에 있던 철무한을 쳐다보고는 화들짝 놀랐다.

모용기가 제갈연을 쳐다봤다.

"왜 그래?"

제갈연은 들은 체도 하지 않고 냉큼 몸을 돌렸다. 그리고는 옷매무새며 얼굴을 한참이나 매만지더니 되돌아설 때는 얼굴이 발그레했다.

"이분은 누구세요?"

모용기가 얼굴을 찡그렸다. 그리고는 철무한을 째려보기 시작했다.

"왜 그래?"

"이 새끼 얼굴을 확 긁어 버릴까?"

철무한이 흠칫했다.

"아니, 내 얼굴을 왜……."

"왜긴 왜야? 부러워서 그런다, 자식아."

정주형이 킥 하고 웃음을 흘렸다.

고민우가 정주형을 쳐다봤다.

"너 왜 웃어?"

"저 마음 알 것 같아서. 왜 우리 공자님은 얼굴만 뜯어먹어도 배가 부를 것 같다고 하잖아. 쟤도 딱 그런 기분일걸?"

정주형이 제갈연을 턱짓했다.

모용기가 정주형을 노려봤다.

"죽을래? 우리 연…… 아니, 우리 삼화를 어떻게 보고. 얘 그렇게 만만한 애 아니거든?"

정주형이 모용기를 쳐다보며 히죽 웃었다.

"진짜? 저러다 침 떨어질 것 같은데?"

"응?"

모용기가 제갈연을 돌아봤다. 입을 헤벌리고 있던 제갈연이 흠칫하며 냉큼 입을 닫더니 손을 들어 입가를 훔쳤다.

"어머."

모용기가 얼굴을 와락 구겼다.

"너 저리 가. 저리 가서 이쪽으로는 얼씬도 하지 마."

제갈연이 모른 체 모용기의 옆에 엉덩이를 붙였다. 그리고는 여전히 헤실거리는 얼굴로 말했다.

"에이, 왜 그래요? 언제는 옆에 딱 붙어 있으라 그래 놓고. 그보다 이분들은 누구예요? 어젯밤엔 없었는데."

"얘들? 그러니까 얘들은……."

모용기가 철무한을 쳐다봤다.

철무한이 싱긋 웃으며 고개를 끄덕였다.

"그냥 말해도 돼. 어차피 다 아는 거잖아."

"그렇지? 그게 너도 편하지?"

모용기가 히죽거리다가 다시금 입을 헤벌리고 있는 제갈연을 보고는 미간을 좁혔다.

모용기가 손가락을 제갈연의 입속에 쏙 집어넣었다.

"어…… 에퉤퉤! 이게 무슨 짓이에요!"

"그러니까 입 좀 닫으라고. 내가 창피해서 진짜."

모용기가 쯧 하고 혀를 차다가 뒤늦게 철무한 등을 소개했다.

"인사해. 여긴 철무한."

"철무한? 어디서 들어 본 것 같은 이름인데……."

제갈연이 고개를 갸웃거렸다. 그러다가 뒤늦게 눈을 동그랗게 뜨며 철무한을 손가락질했다.

"어? 어? 저…… 저……."

모용기가 고개를 끄덕였다.

"맞아. 네가 생각하는 그 철무한 맞아."

"말도 안 돼! 패천성주 아들이 여기 왜 있는 거예요?"

제갈연이 저도 모르게 소리를 높였다. 그러나 이내 흠칫하며 눈치를 봤다.

"아…… 죄, 죄송……."

철무한이 웃으며 고개를 저었다.

"괜찮습니다. 그게 당연한 반응이지요."

그리고는 모용기를 다시 쳐다봤다.

"이제 너희들이 누군지 말해 줄 때도 되지 않았나? 그래야 같이 일을 하기 편할 텐데."

모용기가 고민하는 얼굴로 머리를 긁적였다. 그러나 오래지 않아 긍정의 말을 했다.

"그렇긴 하지."

제갈연이 화들짝 놀랐다.

"모…… 아니 오라버니! 이들은……!"

"괜찮아, 괜찮아. 그리고 너 고치려면 어차피 쟤 도움을 받아야 해."

"하, 하지만……."

제갈연이 여전히 내키지 않는다는 얼굴을 하는데 옆에 있던 철소화가 관심을 드러냈다.

"고쳐? 이 언니 어디 아파?"

"어머."

등 뒤에서 들려온 음성에 무심코 돌아보던 제갈연이 인형같이 생긴 철소화의 얼굴을 확인하고는 흠칫 몸을 떨었다.

철소화는 그런 그녀에게 관심도 주지 않고 모용기만 쳐다봤다.

"왜 대답을 안 해? 이 언니 어디 아파?"

그제야 모용기가 고개를 끄덕였다.

"어. 개 아파."

"그럼 의원을 찾아야지 왜 여기서 이러고 있어? 오빠네 동네는 의원 없어? 그래서 하문으로 가는 거야?"

오빠라는 말에 이번에는 제갈연이 미간을 좁혔다. 그러나 제갈연의 반응을 미처 살피지 못한 모용기는 머리를 굴리기에 바빴다. 그리고는 이내 결론을 꺼내 들었다.

"일단은 소개부터 하자. 난 모용기. 모용기라고 한다."

모용기의 말에 철소화가 당황한 얼굴을 했다.

"어? 모용? 모용이면……?"

"맞아. 정무맹 소속이야."

모용기의 말에 한순간 분위기가 싸해졌다. 생각보다 정무맹과 패천성의 간극이 컸던 것이다.

모용기가 입을 닫고 쳐다보고만 있는데 철무한이 제일 먼저 입을 열었다.

"용봉관 관생인가?"

"얼마 전까지는 그랬는데 지금은 관뒀어."

"왜?"

"쟤가 아프거든."

모용기가 제갈연을 턱짓했다. 철무한이 제갈연을 힐끔 쳐다봤다. 그러나 오래지 않아 다행이란 얼굴을 했다.

"다행이군."

모용기가 얼굴을 찡그렸다.

"이 새끼. 다행? 다행? 사람이 아프다는데 다행?"

철무한이 얼른 손을 저었다.

"아니, 그게 아니라."

"그게 아니면 뭔데?"

"네가 용봉관을 관둔 것 말이다. 솔직히 자신이 없거든."

모용기가 픽 하며 웃음을 흘렸다.

"나만 없으면 될 것 같아?"

"응? 그건 또 말이지?"

모용기는 고개를 저었다.

"아냐. 아무것도. 그보다 계속하자. 얘는 제갈연."

"제갈? 제갈?"

"와. 진짜 제갈이야?"

"제갈이 복건에? 말도 안 돼."

패천성의 아이들이 신기하다는 눈으로 제갈연을 쳐다봤고, 그녀는 어색한 얼굴로 웃음을 보였다.

제갈연을 물끄러미 쳐다보던 철무한은 그제야 납득이 된다는 얼굴로 고개를 끄덕였다.

"어쩐지."

정주형이 철무한을 쳐다봤다.

"응? 뭐가요?"

철무한이 씩 웃으며 말했다.

"아무리 봐도 얼굴이 미인상인데 어딘가 조금씩 비틀린 거 같아서 이상했는데."

철무한이 다시금 제갈연의 얼굴을 뜯어봤다.

"와, 누군지 몰라도 솜씨 좋네. 정무맹 이화라는 제갈 소저의 얼굴을 이렇게 뜯어고치고."

철무한의 눈길을 받은 제갈연의 얼굴이 빨개졌다. 정주형이 신기하다는 눈으로 철무한을 쳐다봤다.

"그게 보였어요?"

"내가 관찰력이 좀……."

철소화가 픽 하고 웃었다.

"그 관찰력이 여자한테만 발동된다던데."

"아, 그게……."

철무한이 어색한 얼굴로 웃음을 보였다.

모용기가 얼굴을 구겼다.

"이 자식, 연아한테 관심 두지 마. 진짜 죽는다."

철무한이 억울하다는 얼굴을 했다.

"내가 뭘 했다고……."

"어쨌건 관심 두지 마. 진짜 죽일 거야."

모용기가 진심으로 날을 세웠다. 철무한이 남의 여자를 넘보거나 하는 놈은 아니었지만 모용기 자신이 믿을 수가 없다는 점이 문제였다.

"뭐, 뭐야? 해보자는 거야?"

모용기가 날을 세우자 정주형 등이 덩달아 긴장했다. 자연히 분위기 가라앉았다.

분위기가 어색해지자 제갈연이 얼른 끼어들었다.

"모용 공자님, 왜 이러세요? 웃자고 한 말인데."

"난 웃자고 한 말 아니거든."

"에이. 그만 좀 하라니까요."

철소화가 묘한 눈으로 모용기와 제갈연을 번갈아 쳐다봤다. 그리고는 무슨 생각이 들었는지 슬며시 말을 돌렸다.

"그보다 저 오빠는 누구야? 저 오빠는 하루 종일 왜 저러고 있대?"

철소화가 한시도 쉬지 않고 명상을 하고 있는 명진을 가리켰다. 철소화의 의도가 먹혔는지 모용기가 곧바로 반응했다.

"아 쟤? 쟤는 명진."

"명진? 그게 누군데?"

철소화가 고개를 갸웃거리는데 정주형이 화들짝 놀란 얼굴을 했다.

"명진? 명진이면 그……."

고민우가 딱딱한 얼굴로 고개를 끄덕였다.

"아무래도 맞는 것 같다."

철무한이 명진을 날카로운 눈으로 노려봤다. 철소화는 여전히 알아듣지 못한 얼굴로 연신 고개를 갸웃거리기 바빴다.

"명진? 그게 누군데? 유명한 사람이야?"

"왜 그 있잖아요. 패천성에 철무한, 정무맹에 명진이라
고……."

철소화가 손뼉을 짝 하고 쳤다.

"아! 그게 저 사람이야? 되게 유명한 사람이네."

"유명하긴 무슨. 그보다 이제 너희들 소개도 해 봐."

명진에게 정신을 팔린 철무한을 대신해 철소화가 막수광
과 박강진 등을 쳐다봤다.

"저 아저씨들이랑 아줌마는 소개 안 해 줘?"

"저쪽은 굳이 알 필요 없어. 저 아저씨들이랑 아줌마도
그걸 더 좋아할 테니까."

"그게 무슨 말이야?"

"그냥 그렇게만 알아 둬. 그보다 너희 소개부터 해 보라
니까."

"음. 뭔가 찜찜한데."

"찜찜하긴 뭐가 찜찜해? 얼른 소개나 해 봐."

철소화가 얼굴을 찡그리다가 이내 고개를 끄덕였다.

"우리 오빠랑 나는 알 테고. 여기 주형 오빠는 독곡 소곡
주야."

"독곡이요?"

제갈연이 신기하다는 얼굴로 입을 헤벌렸다.

그러나 모용기는 이미 다 아는 사실이었다. 정주형에 이어

고민우까지 건성으로 듣고 넘기다가 임무일의 차례가 되자 모용기가 눈을 반짝였다.

"무일이 오빠는 만금장 소장주."

"응? 만금장 소장주?"

모용기가 눈을 동그랗게 떴다. 철소화가 픽 웃었다.

"왜? 만금장 소장주라니까 관심이 가? 돈이라도 빌리게?"

"아니, 그게 아니고……."

모용기가 미간을 좁혔다.

'만금장 다음 장주는 임진일이었는데.'

임진일에게 생각이 미치자 모용기는 치가 떨렸다. 황제에게 붙은 임진일이 만금장을 동원해서 참룡대의 자금줄을 말린 덕분에 고사당할 뻔한 적도 있었기 때문이다.

모용기가 조금은 날카로운 눈으로 임무일을 쳐다봤다.

"너 혹시 임진일이라고 알아?"

"진일이? 걔 내 사촌 동생인데? 네가 진일이를 어떻게 알아?"

"그럴 일이 좀 있었어."

"그러니까 그게 뭐냐……."

"좀 닥쳐 봐. 나 생각하는 거 안 보여?"

임무일이 입술을 삐죽거렸다.

모용기는 신경도 쓰지 않은 채 고민에 빠졌다.

'임진일이 방계고 요 녀석이 직계라는 건데.'

모용기의 머리가 팽팽 돌아갔다. 잘만 하면 만금장을 등에 업을 수도 있어 보였기 때문이다. 그렇게만 되면 회귀전에 했던 개고생이 조금은 덜어질 터였다.

'요 녀석은 믿을 만한가?'

모용기가 임무일을 요리조리 뜯어봤다.

모용기의 시선이 부담스러웠던 임무일이 식은땀을 삐질삐질 흘렸다.

"왜? 왜 그렇게 쳐다보는데?"

"아냐, 아무것도."

어차피 자신이 판단하기에는 무리였다. 판단은 철무한의 몫이다.

결론을 낸 모용기가 마지막으로 조희진을 쳐다봤다.

"이 소저는⋯⋯?"

"거긴 언니는 조희진. 검각 출신이야."

"뭐? 어디? 검각?"

"맞아. 검각 출신이야. 신기하지?"

모용기뿐만 아니라 제갈연까지 황당하다는 얼굴을 했다. 검각이 정파라고 할 수는 없어도 패천성과 섞이리라고는 상상도 못 했기 때문이다.

"검각이 왜 여기 있어?"

"아니, 아니. 검각이 아니고 검각 출신이라고. 말은 똑바로 해야지."

"그거나 그거나. 뭐가 달라?"

"당연히 다르지. 오빠가 한 말은 아직도 검각이라는 거고, 내가 한 말은 이제는 검각이 아니라는 말이니까."

모용기가 제갈연을 쳐다봤다. 제갈연이 떨떠름한 얼굴로 고개를 끄덕였다.

"철 소저 말이 맞긴 한데."

모용기가 조희진을 쳐다봤다.

"이유를 물어도 말해 주지 않을 거지?"

조희진 대신 철소화가 대신 대꾸했다.

"누구나 사정은 있는 법이니까."

원하는 답을 듣지 못한 모용기가 얼굴을 찌푸리며 괜히 철무한에게 심술을 부렸다.

"이 자식아, 그렇게 궁금하면 가서 들이대 보든가. 사내답지 못하게 쳐다보기만 하고. 그게 뭐야?"

철무한이 반색을 했다.

"진짜? 그래도 돼?"

패천성의 철무한과 무당의 명진.

항상 한 쌍으로 거론되던 이름들이었다. 아무리 신경을 쓰지 않으려 해도 그럴 수가 없었다. 어딜 가나 같은 소리가 들려왔기 때문이다.

때로는 호기심이었고 때로는 호승심이 생겼다. 그런 당사자를 눈앞에 목도했으니 더는 참을 수가 없었던 게다.

철무한의 얼굴에 기대감이 덧씌워졌다.

"어떻게 하면 돼?"

모용기가 명진을 힐끗 돌아봤다.

"가서 칼질이나 한번 해 봐."

"지금?"

"그래."

철무한이 여전히 명상을 하고 있는 명진을 보고 조금 꺼리는 얼굴을 했다.

"그러다 다치면?"

"다쳐? 쟤가?"

모용기가 픽 하며 웃음을 흘렸다.

"꿈도 야무지네. 쟤 걱정 말고 네 걱정이나 해. 험한 꼴 보기 싫으면 처음부터 전력으로 해."

철무한이 얼굴을 찡그렸다.

"너 날 너무 무시하는 것 아니야? 이래 봬도 나 한칼 한다고."

"한칼은 개뿔. 가서 칼질이나 해 봐. 그럼 내가 무슨 말을 하는지 바로 알 테니까. 싸대기 맞기 싫으면 잘해라."

철무한이 못마땅하다는 얼굴로 모용기를 쳐다봤다. 그러나 결국에는 제 호기심이 먼저였다. 철무한이 자리에서 일어서더니 명진에게로 걸음을 옮겼다.

제갈연이 모용기를 쳐다봤다.

"괜찮을까요?"

"괜찮다니까."

"명진 도장 저거 할 때 엄청 예민하잖아요. 소 공자가 뭣도 모르고 건드렸다가 죽을 뻔했는데."

"안 죽었잖아. 그러면 돼."

"아니, 그래도……."

제갈연이 다시 한 번 반발해 보려는데 철소화가 얼굴을 찡그리며 끼어들었다.

"언니."

언니란 말에 제갈연이 흠칫했다.

"저, 저요?"

"응, 언니 말이야. 언니, 우리 오빠 너무 무시하는 거 아니야? 맨날 웃고 있어도 칼 쓰는 거 하나는 끝내준다고."

철소화는 물론이고 정주형 등도 낯빛이 좋지 못했다. 철무한이 무시당했단 생각이 든 것이다.

제갈연이 아차 했다.

"미안해요. 제 말은 그런 뜻이 아니라……."

"미안하긴 개뿔. 틀린 말을 한 것도 아닌데 네가 왜 미안해?"

"아니, 그게 아니라……."

"됐어. 보기나 해. 보고 나면 쟤들도 네 말이 무슨 뜻인지 알겠지. 패천성 애들은 똥인지 된장인지 꼭 찍어 먹어 봐야 알더라고."

모용기가 그 말을 끝으로 고개를 휙 돌려 버렸다.

철소화와 정주형 등은 불만이 가득한 얼굴이었지만 더 입을 열지는 않았다. 어느새 명진에게 다가선 철무한이 도를 뽑아 들고 있었기 때문이다.

심드렁한 얼굴로 쳐다보는 모용기와는 달리 모두가 긴장한 얼굴로 두 사람을 쳐다봤다.

제갈연도 마찬가지였다. 다만 다른 이들과는 긴장의 이유가 달랐다.

'명진 도장 성격에 일단 패고 볼 텐데. 이거 정말 괜찮으려나?'

패천성의 영역이란 것이 마음에 걸렸다. 철무한이 패천 성주의 아들이란 것은 더 마음에 걸렸다. 제갈연이 얼굴을 찡그렸다.

도를 뽑은 철무한이 그 자리에서 망설였다. 모용기의 말대로 칼질할 생각으로 뽑아 들긴 했지만 무방비 상태의 명진을 상대로 칼질을 하려니 영 꺼림칙했다.

철무한이 모용기를 돌아봤다.

모용기가 헤실거리며 말했다.

"뭐 해? 얼른 칼질해."

"진짜? 그래도 되나?"

"얼른 하라니까. 대신 마음 단단히 먹고 해. 칼질하는 순간 바로 반응할 테니까."

철무한이 명진을 물끄러미 내려다봤다. 그리고는 크게 심호흡을 하더니 도를 번쩍 내리쳤다.

쉭!

"음."

철무한의 도가 명진의 정수리 위에서 딱 멎었다. 명진이 아무런 반응도 보이지 않았던 탓이다.

철무한이 의아하다는 눈으로 모용기를 돌아봤다.

"얘 반응 없는데?"

모용기가 명진을 쳐다보며 눈을 반짝였다.

"어쭈. 저 자식 봐라?"

명진이 철무한의 도에 실린 기세를 읽은 것이다. 단 한 번뿐이었지만 철장방에서의 싸움을 통해 기세를 가려내는 것까지 익힌 것이다. 성장세가 놀라울 정도였다.

모용기가 철무한에게 소리쳤다.

"그렇게 힘없이 내려치는 것 말고! 진짜 죽일 듯이 쳐 보라고!"

"그걸 지금 말이라고……."

철무한이 얼굴을 찡그렸다. 모용기 역시 마찬가지였다.

"하여간 걱정만 많아 가지고. 어디 보자."

또르르 눈을 굴리던 모용기가 한순간 히죽 웃음을 보였다.

"네가 하기 싫으면 내가 해 줄게."

그리고는 아무렇게나 굴러다니는 돌멩이 하나를 집어 들더니 손가락으로 툭 튕겨 냈다.

쐐애액!

손가락 한 마디보다 작은 돌멩이가 무섭게 쇄도했다. 철무한이 기겁을 했다.

"으헉!"

급히 몸을 빼려던 철무한이 한순간 멈칫했다. 내버려 두면 명진이 죽을 것처럼 보였기 때문이다. 철무한이 얼굴을 찡그리며 도를 뻗었다.

'조금 짧은가?'

아무래도 조금 짧을 것 같았다. 이대로 두면 명진의 머리통이 터져 나갈 터.

철무한이 이를 악물었다.

"젠장!"

그 순간 명진이 번쩍 검을 세웠다.

땅!

작은 돌멩이 하나가 힘없이 바닥을 굴렀다.

명진이 싸늘한 눈으로 모용기를 노려봤다.

"뭐야?"

모용기가 철무한을 턱짓했다.

"쟤가 철무한이거든."

명진이 철무한을 힐끔 쳐다봤다.

"근데?"

"근데는 무슨. 넌 궁금하지도 않아? 너랑 맨날 비교됐는데."

명진이 앉은 자세 그대로 철무한을 쳐다보며 고개를 모로 기울였다. 철무한이 긴장한 얼굴로 침을 꿀꺽 삼켰다.

명진은 이내 철무한에게서 시선을 거둬들였다.

"안 한다."

"응? 뭐라고?"

"안 한다고. 관심 없다."

그리고는 명진이 다시 눈을 감아 버렸다.

모용기가 눈을 동그랗게 떴다. 그리고는 제갈연을 쳐다봤다.

"어라? 쟤 뭐 잘못 먹었냐? 쟤 왜 저래?"

"그, 글쎄요. 저도 잘……."

제갈연은 내심 안도할 수 있었다. 괜한 분란은 없을 듯싶었기 때문이다.

그러나 그러한 제갈연의 기대는 철무한이 산산이 조각냈다.

얼떨떨한 얼굴로 명진을 내려다보던 철무한은 간신히 입을 열었다.

"내가 그렇게 만만해?"

그러나 이미 명상에 잠긴 명진은 대꾸가 없었다.

철무한이 환하게 웃었다.

"죽어!"

철무한의 도가 쉬익 소리를 내며 공기를 갈랐다. 도에 제대로 된 투기가 담겼는지 명진이 즉각 반응했다. 명진이 앉은 자세 그대로 주르륵 밀려났다.

쾅!

돌 부스러기 따위가 마구 튀어 올랐다. 그 사이를 뚫고 명진이 삼검을 찔러 넣었다.

걷어 내기엔 늦었다.

"흡!"

철무한이 급하게 숨을 들이켜며 몸을 뺐으나, 명진의 검 끝이 그의 궤적을 따라 자석같이 달라붙었다.

명진의 압박을 버티지 못한 철무한이 마구잡이로 도를 휘둘렀다.

땅! 땅! 땅!

이내 명진의 검로가 틀어지며 겨우 숨을 돌릴 수 있게 된 철무한이 눈을 빛냈다.

"내 차례다!"

그리고는 명진을 향해 도를 떨쳐 내려다 기겁을 했다.

"으헉!"

검로가 틀어진 줄 알았던 명진의 검 끝이 어느새 제자리로 돌아온 게다.

철무한이 당황한 얼굴로 연신 물러서기에 바빴다.

지켜보던 철소화가 입을 쩍 벌렸다,

"저게 뭐야? 저 사람 무당이라며?"

정주형이 심각한 얼굴로 고개를 끄덕였다.

"그러게요. 무당의 검이 저렇게 공격적이진 않은데. 태극
검법 말고 다른 걸 배웠나?"

무당의 검은 지극히 방어적이다. 아슬아슬한 공격보다는
단단하게 방어하는 하다가 한 번의 역습을 노리는 것에 더
치중하는 검이었다.

무당을 대표하는 태극검법은 무당의 그러한 기풍의 집
약체였다. 부드럽게 검을 움직이며 상대의 검을 밀어내다
한 번의 기회에 상대의 힘을 이용해서 적을 제압하는 것이
다.

한데 명진의 검은 무당의 그러한 기풍과는 거리가 멀게
보였으니 의아해하는 것도 어쩌면 당연한 일이었다.

그러나 임무일이 고개를 저었다.

"아니야. 태극검법 맞아."

"이 돼지 자식아, 저게 어딜 봐서 태극검법이야? 네 눈깔
은 동태 눈깔이냐?"

임무일이 얼굴을 찡그렸다. 그런데 고민우가 임무일의
편을 들어줬다.

"아니야. 태극검법 맞아. 잘 봐. 궤적이 태극이잖아."

고민우의 말에 정주형이 눈에 힘을 줬다. 그러고 보니 얼핏 태극의 궤적이 그려지는 것 같았다.

"말도 안 돼! 저게 진짜 태극이라고? 태극을 저딴 식으로 운용하는 놈이 어디 있어?"

"내 말이. 저거 진짜 미친놈이야."

임무일이 고개를 절레절레 저었다. 조희연은 말없이 눈을 빛냈다. 명진의 궤적을 따라가며 씹어 먹을 듯한 눈으로 그를 노려봤다.

괜한 걱정으로 시름시름 앓던 제갈연도 헤 하고 입을 벌렸다. 막상 싸움이 시작되자 걱정은 사라지고 싸움 자체에 대한 호기심만이 남은 것이다.

"명진 도장 더 늘었는데요?"

"네가 봐도 그렇지? 괴물이라니까."

모용기의 말에 제갈연이 아랫입술을 꼭 깨물었다.

"그러게요. 진짜 사람 맞아요? 이제 소 공자나 저는 상대가 안 되겠어요."

제갈연이 입술을 꼭 깨물었다. 조금은 질시하는 듯한 감정이 생겨나기 시작했다.

모용기가 제갈연을 쳐다봤다.

"왜? 질투 나? 언제는 안 싸운다며? 그러다 그 꼴 당한 거고."

"어? 그, 그건……."

제갈연이 당황하는 얼굴을 했다.

모용기가 제갈연의 머리 위에 손을 턱 얹었다. 그리고는 단정하게 정리된 머리카락을 쑤석거렸다.

"그럴 것 없어. 몸만 정상으로 돌아오면 내가 다시 가르쳐 줄 테니까."

제갈연이 모용기와 시선을 맞췄다. 그러나 이내 얼굴을 찡그리며 모용기의 손을 탁 하고 쳐냈다.

"머리 만지지 말라니까요. 나 그거 싫다고요."

"알았어, 알았어."

모용기가 주섬주섬 자리에서 일어섰다.

"웃차."

"왜 일어서요? 또 뭐 하게요?"

"조금 지루하지 않아?"

"지루해요? 이게?"

제갈연이 눈을 동그랗게 떴다.

모용기가 제갈연을 쳐다보지도 않고 검을 뽑았다.

"내가 더 재밌게 해 줄게."

"어? 아니 그게……."

당황하는 제갈연을 두고 모용기가 땅을 콕 찍었다. 모용기의 신형이 이전처럼 쭉 늘어나는 게 아니라 완만한 포물선을 그렸다.

모용기가 히죽 웃으며 검을 찔렀다.

"나도 같이 놀자."

철무한과 어울리던 명진이 즉각 반응했다. 명진의 검이 철무한의 도 아래로 스르륵 흘러들어 가나 싶더니 순간 그의 도를 퉁 하고 올려쳤다. 그리고 튕겨져 나간 철무한의 도가 모용기의 검을 막아섰다.

쩡!

모용기의 검 끝이 철무한의 도면을 때렸다. 철무한의 도가 휙 돌아가며 철무한을 잡아끌었다.

"뭐, 뭐야!"

쩡! 쩡! 쩡!

철무한이 당황한 얼굴을 하는 사이 명진과 모용기는 벌써 삼검을 교환했다. 철무한 따위는 안중에도 없다는 듯이 서로에게만 집중하는 듯한 움직임이었다.

철무한이 이를 악물었다.

"나 철무한이다!"

철무한의 도가 명진과 모용기 사이로 뛰어들며 날카롭게 발톱을 세웠다.

"헉, 헉."

흙바닥에 드러누운 철무한이 거칠게 숨을 몰아쉬었다.

모용기가 눈빛이 꺾인 철무한을 물끄러미 내려다보다가

명진을 처다봤다.

"직접 싸워 보니까 어때?"

명진이 철무한을 힐끔 내려다보며 대꾸했다.

"무결이나 연아는 말도 할 것 없고 운현이나 영영이보다
도 한참 못 미친다. 소문이와 어울린다면 제법 재밌을 것
같기는 하겠다."

다가오던 철소화가 눈을 동그랗게 떴다.

"그거 설마…… 또래에서 우리 오빠보다 강한 이가 그렇
게 많단 말은 아니지?"

명진은 입을 닫아 버렸다.

모용기가 대꾸했다.

"아니긴 뭐가 아냐. 네 말이 맞아."

"말도 안 돼! 우리 오빠가 그렇게 약하다고?"

"아니. 그건 아니고."

"그게 아니면 뭐야? 우리 오빠보다 강한 이가 그렇게 많
다면서?"

"그렇긴 한데, 애들이 좀 특별하거든. 따로 두고 보면 애
가 약한 건 아니야."

"우리 오빠도 특별하다는 말 많이 들었는데?"

"그렇긴 하지. 근데 그게 좀 달라."

철소화가 눈을 또르르 굴렸다.

"달라? 어떻게 다른데?"

모용기가 고개를 저었다.

"그건 나중에 설명하기로 하고. 그보다 넌 어디 가?"

모용기의 목소리가 주섬주섬 일어나서 걸음을 옮기는 제갈연의 발목을 잡아챘다.

제갈연이 당황한 얼굴을 했다.

"어? 그게……."

제갈연이 말끝을 흐렸다. 조금은 안절부절못하는 얼굴이었다.

모용기가 의문을 품었다.

"말을 해. 왜 말을 안 해?"

철소화가 모용기의 소매를 잡아당겼다.

"왜?"

"내버려 두라고. 딱 보면 몰라?"

"말을 안 하는데 내가 어떻게 알아?"

철소화가 얼굴을 찡그렸다.

"오빤 여자를 너무 몰라. 언니, 얼른 갔다 와요."

제갈연이 어색하게 웃더니 곧 다시 걸음을 옮겨 움막 뒤로 돌아가기 시작했다.

지켜보던 모용기가 당황한 얼굴을 했다.

"어? 저긴……."

철소화도 마찬가지였다.

"어? 저긴 안 되는데."

철소화의 말이 끝나기 무섭게 제갈연의 비명이 터져 나왔다.

"꺄아악!"

땅 위에 머리만 내놓은 삼십여 명의 눈동자가 일제히 제갈연을 향했기 때문이다. 기괴한 모습에 제갈연이 거품을 물고 넘어갔다.

모용기가 몸을 날렸다.

"이런! 연아야!"

〈5권에 계속〉

독재자

조휘 대체역사 장편소설

ALTERNATIVE HISTORY FICTION

특수전사령부 소속 비밀작전팀 아시온 팀장이자
국내에 유일한 사이보그인 이준성.
열강들의 야욕을 저지하기 위해 나선 작전 도중
뜻밖의 상황을 맞이하며 자폭하기에 이르는데.

지옥에서는 제네바 협약 따위 안 지키는 거다

눈을 뜬 그의 시야에 들어온 것은 지독한 참극
이윽고 상황을 인지하며 한 가지 사실을 깨닫는
자신의 두 발이 16세기 말 임진왜란이 펼쳐진
전란의 대지에 서 있다는 것을.